朝顔や一輪
深き淵の色

牵牛花啊，一朵深渊色。

（日）与谢芜村

洁尘 著

一朵深渊色

四川人民出版社

图书在版编目（CIP）数据

一朵深渊色 / 洁尘著 . -- 成都 : 四川人民出版社 ,2021.4
ISBN 978-7-220-11462-5

Ⅰ . ①一… Ⅱ . ①洁… Ⅲ . ①随笔—作品集—中国—
当代 Ⅳ . ① I267.1

中国版本图书馆 CIP 数据核字（2021）第 045201 号

YIDUO SHENYUANSE

一朵深渊色

洁尘 著

出 版 人	黄立新
策 划 人	郭 健 范雯晴
文创策划	魏宏欢
有声策划	范雯晴
责任编辑	魏宏欢 廖姝云
装帧设计	朱星海
封面插图	九 克
内页插图	尤 琳Yoli
题 字	李中茂
作者肖像摄影	Secretdada
内文设计	朱星海 戴雨虹
责任校对	吴 玥 舒晓利
责任印制	周 奇

出版发行	四川人民出版社（成都槐树街 2 号）
网 址	http：//www.scpph.com
E-mail	scrmcbs@sina.com
新浪微博	@ 四川人民出版社
微信公众号	四川人民出版社
发行部业务电话	（028）86259624 86259453
防盗版举报电话	（028）86259624
照 排	四川胜翔数码印务设计有限公司
印 刷	成都东江印务有限公司
成品尺寸	130mm × 185mm
印 张	10
字 数	188 千
版 次	2021 年 4 月第 1 版
印 次	2021 年 4 月第 1 次印刷
书 号	ISBN 978-7-220-11462-5
定 价	78.00 元

代序
蓬勃的植物是幸福的

李中茂

朋友岱峻指着我的花园对我说，你这也叫园艺？算了吧，这只能叫绿化。

岱峻也是个园艺爱好者，我们两个各自有一个花园，所不同的是，我的花园比他的叶子多，他的花园比我的枝子多。不是说他养的花不长叶子，而是叶子多被他剪掉了。

岱峻一到我的花园就问我要剪刀，我小心翼翼地把剪刀递给他，然后就提心吊胆地跟在他的身后，看着他咔嚓咔嚓地挥着剪刀，一些绿得好好的叶子就随之落到了地上。我把一些被剪下来的细小枝叶捡起来，仔细端详，看看能不能把它们插在土里，长成一棵新的小树。

一朵深渊色

我也知道花草树木都是要修剪的，但自己就是舍不得动手，有时终于下了决心似的，拿起剪刀在花园里转来转去，剪刀在手心里都握出了汗，可仍然是找不到下剪刀的地方，看来看去，觉得每片叶子都好，长成了不容易，都舍不得剪。只好等着岱峻来的时候帮我剪。岱峻说，我对树叶的那种吝惜，简直就像一个守财奴。

我因此就不养盆景，只养那种长得粗枝大叶才好看的植物，喜欢看植物的枝叶无边无际地蔓延，像着了魔似的疯长。我随便搬把椅子，靠在花园里的任何一个角落，看着满眼的绿叶就心满意足，暗暗地想，就这样，长得挺好的，剪它干什么？

柳永有一句词：长安古道马迟迟，高柳乱蝉嘶。我喜欢这个乱字，树若长得不乱，蝉嘶是乱不起来的，树不仅乱，而且高，而且是柳树，枝叶是垂下的，风吹时枝乱舞，日照时蝉乱嘶。这真是好树，宜其生在长安古道。

我园子里仅有的几株盆景也是岱峻送的。秋末时节，坐在岱峻的花园里喝茶闲聊，看到他那盆六月雪被修剪得干干净净，但见枝条烂漫，仅余少许的绿叶，而想起我家园子里岱峻送的那盆六月雪如今还在开花呢。我也知道这不是六月雪开花的季节，一定是我疏于修剪，长乱了。便问岱峻，岱峻笑着说，你那是十月雪。我仔细回想了半天，确实也记不得那花在6月里是否开过，便也跟着笑了说，10月也好，不知腊月还开不？岱峻说，那是蜡梅。我说，照此推理，我种蜡梅得3月才开花。岱峻说，你干脆种菜算了，现在反季蔬菜卖得还贵些，再说，蔬菜是论斤卖的，你也省得剪枝。

玩笑归玩笑，回家看着自己园子里枝叶蓬勃的样子，依然是喜悦的。夏季里旱金莲开花的时候结了不少种子，当时并未在意。到了秋后，落到土里的种子居然纷纷发了芽，长出了圆圆的叶片，这也算是意外之喜。我连忙找来几个小花盆，把旱金莲的小苗移栽好，预备天冷的时候，可以搬到室内。

忙完已近中午时分，我随手拿起一本书，靠在躺椅上闲翻。下楼吃午饭的时候，书就随手放在了躺椅座上。午饭后再到花园才发现刚才下了毛毛细雨，把书也打湿了。我一边擦着书，一边看到刚才翻到的那一页书的一开头是这样的字：黑礼帽压得低低的，歪叼着烟卷，两手揣兜，螃蟹般横着走路——看到这，我忽然笑了，这话好像是在说我栽的花似的。我知道，可能是我把这些花给宠坏了。我有错，但花没错。

目录

一朵深渊色

目录

一朵 深渊色

第一辑

春 猛虎细嗅蔷薇

攻瑰海棠

春天刚刚来的时候，有个说法叫作闹春瘟。

如果较真的话，医学上对于春瘟的说法是"发生在春天的多种流行性急性传染病的总称，如流行性脑膜炎、流行性感冒、痄腮、风疹、麻疹、百日咳等"。

这里所说的闹春瘟当然不是医学上的那种说法。怎么描述呢，其实就是说人刚从冬天出来，四肢僵硬，骨头里有寒气，懒，不愿动弹。所以，开春了就得去踏青，祛一下春瘟，让身体活泛起来。

2012年初春，比较大规模的一次集体祛春瘟活动放在了樱园。大伙儿坐下喝茶。一说今天来祛春瘟，所有人都松了一口气。哦，原来我们是在闹春瘟啊，怪不得春节过后什么事都不想做呢，原来是病了，那就不内疚了。接下来，祛春瘟之乡间运动会开始了，一堆人，三三两两地在三圣乡的田坝上活动起来，有轧田坎散步的，有钻油菜花地拍照臭美的，有打乒乓球的，还有做广播体操的。美味的樱园晚餐之后，晚上转场至樱园隔壁的蓝顶艺术村，在何多苓的画室里打了一晚上水平相当可悲的男女混双比赛，径直拖累了何多苓和易丹两个羽毛球高手。就这么闹腾了一下午一晚上。第二天，平时完全没有锻炼的何小竹和阿潘直叫唤，说是浑身酸痛、行动困难。

樱园主人熊英是大家的朋友，她之前就一再邀请我们去樱园看花，说快来呀，过了清明，雨水多了，花就没了。樱园的植物一向讲究繁多，有两三百种。多次去樱园，必须的喝茶吃饭之外，看看樱园四季辗转更替的各种花儿，也是必须的。

春天对于我来说，标志性的花卉不是桃花也不是李花，而是海棠。元好问这首咏海棠的诗深得我心："枝间新绿一重重，小蕾深藏数点红。爱惜芳心莫轻吐，且教桃李闹春风。"似乎每每蜡梅谢了没多会儿，一不留神就看到贴梗海棠绽放出星星点点的娇俏的小红花，让我一激灵。对于我来说，报春花就是贴梗海棠。我们小区院子里种有很多贴梗海棠，枝形写意，但不像红梅那么虬结，开的小红花也更加温软俏丽，没有红梅的老辣之气。

我还特别喜欢海棠这个词，娇中带憨，亲切。

海棠中，比较常见的有贴梗海棠、垂丝海棠、西府海棠、木瓜海棠，习称"海棠四品"。海棠四品中，上品是西府海棠，既艳且香。张爱玲有著名的"三恨"，一恨鲥鱼有刺，二恨海棠无香，三恨红楼未完。我想这第二恨中的海棠多半就是贴梗海棠，而元好问那首诗更是活脱脱的对贴梗海棠的描述。

海棠四品都见过，但这次我在樱园开眼界了，第一次看到玫瑰海棠。玫瑰海棠又叫丽格海棠，杂交品种，大花，多花，色泽艳丽。我在樱园看到的这树玫瑰海棠是金红色的，古怪的同时相当靓丽。

那天晚上我们转场到何多苓的画室去打球，我问何多苓，你园子里那株绣球开了没有？去年仲春时，我曾被那株妖气十足的巨大的白色绣球花给惊了一下。何多苓说，还没呢，现在园子里有小桃红，还有好几株海棠，都开得正盛，艳得很。到何多苓画室天色已黑，我朝园子胡乱张望了一下，只看到一些影子，艳花们都瞧不见。那边朋友们已经开始吆三喝四地在做准备了，我缩回身子，赶紧换鞋上场打球去了。

猛虎细嗅蔷薇

海棠

海棠，蔷薇科苹果属，既有草本也有木本。有西府海棠、贴梗海棠、垂丝海棠、木瓜海棠等多个品种。海棠原产于中国，是中国传统名花。其果实名为海棠果，酸甜可口，食用有生津止渴、健脾开胃之效。

蔷薇花事

先是我家的花台以及花园里有那么几个骨朵绽出点娇红来。我稳住心性，尽量不让自己激动。我知道，一年中间对于我来说最艳丽晕眩的花事即将到来了。

我说的是蔷薇。

它们开了，先是一朵，一朵，再一朵；然后啪的一下，像小姐终于忍耐不住发了脾气，一觉醒来就全开了。我先看到的是粉红色的单瓣的，这需要我继续忍；我等待的是"大红袍"，那种深红的重瓣的品种。

"大红袍"终于全开了，在客厅外的花台上，在花园的女儿墙上，它们立在绿的藤叶之中。风吹过，叶和花都在茂密之中轻微地颤抖，咯咯地笑，淡淡地叹息，微微地啜泣。静谧、娇俏、深厚、陌生；是思念吧，是牵挂吧，是像许巍唱的"所有的语言都消失在胸口"吧，还有，那就是抱歉啊抱歉。哦，天啦，我想流泪。

它们大规模地开了，我在这个城市里到处的围墙、栅栏上都可以看到它们了。又是4月，又是接近5月，一个被引诱被拒绝被好多甜蜜美好的东西伤害的时节。

我频频上街，目光流连于那些栅栏和围墙，不动声色。很多年前，被蔷薇勾引，我就很想写一个开头发生在蔷薇下面的电影故事，至于说故事终结于何处，那不重要。关键是，那个开头的画面，多好看啊。我会让主人公满腹心事地出现在开头的蔷薇之下。满腹心事！很配这些沉甸甸的小红花。

蔷薇花下我愿意沉默。其实我很想说："满城的围墙和栅栏上都是红蔷薇啊。"

我把这句话写进了我的书里。我这样写：

……

"雪融艳一点，当归淡紫芽。"这是日本人松尾芭蕉的俳句。

"俳句是传播微光与战栗的诗。"这是法国人安德烈·贝勒沙尔的评价。

有俳句陪伴，仿佛一段窃窃私语的下午时光，是说给自己听的，别人偶尔听一耳朵也就听了，无妨；也仿佛有水袖甩出去，叠回来，轻盈而有劲道的功夫，随意且不求到位的动作，做了就做了，被看了也就被看了，无碍。

一路抄下友人们这个春天里无心写出的俳句：

"细雨，很冷，蜡梅和桂花开在一起。"

"屋顶上那些花啊，一朵接一朵地开，劝都劝不了。"

"仙人掌还是可以看的。"

"想买一棵橙树。橙花开起来是很香的，也好看。你们不知道吧？"

她写下的是：

"满城的围墙和栅栏上都是红蔷薇啊。"

......

上面那段文字写在我的绘本随笔集《遁词》里面。

每年，依旧是满城的围墙和栅栏，依旧是红蔷薇。这种把我的泪意和沉默的愿望勾引得异常充沛的深红色的小花。不过，泪只是一种意，而非实际的泪，沉默也只是愿望。

后来，那个被蔷薇勾引出的故事变成了一部长篇小说。

这部小说后来定名为《锦瑟无端》，已经出版好几年了。当时，我老写不完，被它折磨得够呛。这事不提也罢。我要说的是，在写女主人公第一次遇到她前夫的时候，他是和她弟弟在一起的。他们两个是大学里的死党，一起来找她借钱。女主人公该怎么样第一眼就爱上那个男孩呢？我立马就想到给配一个蔷薇的背景。于是我这样写："那是春天，4月，他和我弟一起站在我单位的门口等我。他们俩一个朝左一个朝右地看着街的两端，身后是我们单位蔚为大观的蔷薇墙，碧绿的爬藤上盛开着成千上万朵深红的蔷薇。这个景象一直使我最陶醉最受不了，到现在还是如此。现在我每次看到大片的红蔷薇，内心总有轻微哭泣的冲动。我觉得这种刺激跟人无关，那是在我还是小姑娘时就在冥冥之中被规定成了一种潮湿的方式。"

其实，一看到大片蔷薇就有泪意的人就是我自己。我不知道这是为什么，所以说，我只能很缥缈地认为"那是在我还是小姑娘时就在冥冥之中被规定成了一种潮湿的方式"。每到4月，在某种自我暗示中，我觉得说话做事较之其他季节似乎要柔和一些，因为满目都是大片的蔷薇。植物本来就安神,特别喜欢的植物更是让人安神。神安了,人就柔和了。据说蔷薇还有一个古雅的叫法,叫作"墙蘼"。因其蔓柔蘼,依墙攀缘而生,故名"墙蘼"。这个"蘼"字甚好,甚传神。想想,所谓4月的柔和,蔷薇的"蘼"是功不可没的。我一向认为,蘼丽是一种很高的境界。

我经常要走小区后面的那条路,那条路的旁边都是小区住户的私家底楼花园。很多家的园子里支着篷架,上面缠满了各种藤蔓。到了4月,就跟发了号令枪一样,啪的一声,"大红袍"就密密匝匝地迸开了。配合着"大红袍"的,斜插出来的那些果树,有的是樱桃,有的是枇杷,还有小小的硬桃子。深红的,浅红的,嫩黄的,浅绿的,全部衬在深绿之上。郊区住宅本身就安静,这条小区背后的小路更是寂静无声。在这种有点绝对的静中间,我恍惚觉得那些色彩会发出叫声来,其中最清亮的那些喊叫,应该是深红的蔷薇吧。

我家也栽了不少蔷薇,那藤子,曲曲弯弯地爬在两个花园的栅栏和女儿墙上。品种是蔷薇中多见的粉团蔷薇和七姊妹,颜色也有很多种,白的、粉的、紫的都有,我最喜欢的是一种属于荷花蔷薇类的叫作"大红袍"的品种,深红色的,盛开的时候很密集,和深绿的叶子配在一起,大红大绿,大俗大雅,又端庄又热烈，又俏丽又雅致，像我所认定的最好的生活。有一年，我目睹了最好的生活穿到了身上是什么样子。那是我以前认识的一个人，很多年没见，突然在一个场合里遇到，她走过来招呼我。她像一束"大红袍"一样走过来，绿底红花的衬衣，下面配一条绿裙。那红，就是"大红袍"的红；那绿，也就是蔷薇叶子的绿。她依然梳两条辫子，依然穿着黑襻布鞋，依然笑得开花开朵的。如果没记错的话，她和我是同龄人，但我人到中年，她却依然兴致勃勃地走着乡野少女的路子。我当时是有点被惊着了，蓦地想起"小甜甜"龚如心。那时，到处的报纸都在说她的死讯。我突然有点难过，不是为她，也不是为龚如心，当然更不是为自己；什么人都不为，但我就是有点难过。

可能是我天性中有倾向于浓烈的一面。我从来喜欢艳，然后探究艳后面的寂。我在写《锦瑟无端》时，有一段情节是女主人公和她前夫说起当年那一面蔷薇墙的景象，她前夫淡漠地说，那怎么会好看？那么犯冲的颜色搁在一起，很刺眼的。

人与人之间啊，那真就是对岸啊。我在小说里要写的就有这个意思。

翻看日本摄影家细江英公的作品，其中有他著名的《蔷薇

11

刑》，是细江英公给三岛由纪夫拍的一组肖像，其中最有名的一张是三岛由纪夫嘴里叼着一朵蔷薇花的特写，浓密的眉毛、凌厉的眼神、结实遒劲的肩头肌肉，跟蔷薇的柔美组合成对立但又平衡的画面。这幅照片在我看来可以作为三岛美学的代言性画面。

据细江英公回忆，作品《蔷薇刑》之名，是三岛取的。这组照片总共在三岛家拍了十几次，是作为三岛《美的袭击》一书的配图。9年后，1970年，在取名为《蔷薇刑》的专题摄影集准备出版的时候，11月25日三岛自杀身亡；细江停下了所有的工作，为的是不打扰三岛的亡灵。后来这本享誉世界摄影史的作品是在三岛过世一年后的1971年出版的。

对"蔷薇刑"这个词，细江英公的理解是"蔷薇是一种美与无法接近的痛苦这两者并存的象征"。跟这个说法相近，但表述得更令人绝倒的是英国诗人西格里夫·萨松的那句："In me the tiger sniffes the rose."余光中的译句是："我心里有猛虎在细嗅蔷薇。"真是佩服余光中，他没有把rose译成玫瑰。蔷薇，放在这个诗句里，实在是太妙了，比玫瑰妙得不是一星半点。

由"细嗅蔷薇"不由得想起看过扬之水的一篇考证"蔷薇水"的文章。我国古时，香水是外来品，被称作"蔷薇水"，最早的记载见于五代时的文献，其后，两宋和明代的文献里，关于"蔷薇水"的记载都不少；因时为女人妆奁中的尤物，多情文人也爱歌咏。刘克庄有诗句，"旧恩恰似蔷薇水，滴在罗衣到死香"。境界比一般的香艳赞词要高一些。

蔷薇是我痴迷的一种花卉。这种痴迷中，汉字"蔷薇"从字形到读音的组合给予我的美感是非常重要的，更重要的是这种花盛开的景象，花朵本身的细致微小和藤生植物特有的蔓延繁茂结合在一起，既谦卑又骄傲，既娇弱又强壮，既喜兴又凄凉。

一朵深渊色

蔷薇，蔷薇科蔷薇属，落叶灌木，形体直立、攀缘或蔓生，主要分布
于北半球温带、亚热带及热带山区。蔷薇是世界著名观赏植物之一。
据记载，我国在汉代就有种植。

玫瑰之道

从某个角度讲，蔷薇和玫瑰基本上算是一回事，最大的区别应该是前者是爬藤，后者是丛生。当然，在我看来，蔷薇和玫瑰不是一回事，但关系很近，姐妹关系。

有一段时间，我热衷于临摹玫瑰。

记得以前写玫瑰说："玫瑰入画，我喜欢看写实的玫瑰；有些东西是不能写意的，写意的东西多半有一种不太规范的外貌和清高零落的气质。中国花鸟画家少有画玫瑰的，也许就是这个道理；玫瑰的那种精致富贵的情趣，随意或者是潦草的笔触与之毫不相干。"

记得有一次喝茶，画家程丛林对我说，他现在在画铅笔小画，手上捏一支削得特别尖的铅笔，非常细非常细地素描。程丛林说，笔很尖，纸很薄，稍微不小心，笔尖就把纸给戳破了。这样画一幅画的过程是很漫长的，始终都伴之以小心翼翼的状态，很静心很养气。

后来，我在看日本电影《东尼泷谷》的时候，看到了主人公画的树叶——几乎是由点组成的图案，所谓精细绘画。这部电影是由村上春树的小说改编的，主人公泷谷是一个从事精细绘画的插画家，给报纸杂志提供精细插图，大受欢迎。这个工作一方面可以给泷谷带来丰厚的收入（所以他有那么多钱供他的妻子成为一个购衣狂），另一方面，它也特别适合泷谷那沉默耐心带自闭倾向的性格。

东尼泷谷这个人物还让我联想到日本老顽童妹尾河童，他与泷谷的性格完全相反，阳光、好动、天真烂漫；但在他的《河童旅行素描本》《窥视印度》《窥视日本》等书中，也有大量的这种插图，就一个房间、一个物件、一个场景的精细描绘。这种画，一般来说，首先不承担艺术性的要求，它更多的在于功能解说性，但这样的画，里面蕴藏着一些必不可少的因素，比如手工、时间、耐心、屏息、安宁，这其实已经构成了它们特有的艺术价值。

有一段时间，我也开始画这样的画。当然，我并不会画画，只是临摹。从一定意义上说，我是在做一种精神上的瑜伽，在有意识地静心养气。我画在一个很厚的白页笔记本上，纸很好，有差不多120克，米白色。这是我有一年夏天的时候在北京798玩的时候买的。一幅画完整临摹下来，至少要花整整半天，有的时候要延续好几天才能完成。我喜欢这种绵长的不能急于求成的事情。

临摹的范本是皮埃尔－约瑟夫·雷杜德的玫瑰图谱《玫瑰圣经》。另外，法国园艺家、植物学家格劳德－安托万·托利给图谱配的相关介绍文字，读来也有一种清俊的味道。比如随便抄一则："包心玫瑰属园林玫瑰，为普罗旺斯玫瑰的变种。普罗旺斯玫瑰为带刺灌木，可长到2米高，通常开红色到深红色、香气宜人的花，是自16至18世纪逐渐培育出来的一种复杂的杂种，品种繁多。本图所绘之花冠，其花形酷似西洋包心菜，粉红重瓣花，花瓣突出且半裂，叶梗上长有附属叶，小叶互生。比较特别的是，在近花冠的花茎处生有一枚单叶。包心玫瑰作为玫瑰油的原料而被广为栽培。"这是一种让人舒服的知识性的阅读，很明净很简单，也相当的静心养气。那段时间，我经常坐在花园里，读一读这些词条，再用两三个小时临摹雷杜德的一幅玫瑰。一天画不完，就两天、三天，不急的。雷杜德的玫瑰是彩色的，用了他独特的彩色版画绘制技巧，当年，为出版这套图谱，据说动用了

10名艺术家和雕刻师参与版画的制作，另有上百名工人根据原稿进行版画配色。由于工艺的极端复杂，无论是在当年还是现在，在出版上都是一桩挺高难度的事情。我呢，只是捏着一支非常尖非常尖的铅笔，把彩色玫瑰临摹到我的笔记本上，变成黑白的玫瑰。真的很好玩。

说到雷杜德的玫瑰，首先得说到拿破仑的约瑟芬皇后。

在巴黎游览凡尔赛宫的时候，进约瑟芬皇后的卧室前，我就想，那里面的装饰是否有很多玫瑰图案？

进了约瑟芬的卧室一看，呵，岂止是很多，应该说全是。法国宫廷装饰的风格十分繁复，完全不给视线留白。约瑟芬的卧室也是如此，房间里从天花板到地板到墙壁到家具到卧具到用具，每一处都有玫瑰的身影。真不愧是史上最有名的玫瑰疯子。

《玫瑰圣经》的缘起得归功于约瑟芬皇后。当时，为排遣拿破仑出征留给她的孤寂，约瑟芬大部分时间都居住在巴黎南部的梅尔梅森城堡。因对植物和园艺的强烈兴趣，她聘请了植物学家彭普兰德做她的私人植物顾问，花费巨资收集世界各地的美丽植物，种植在城堡的花园里。很快，梅尔梅森城堡花园就有了植物园一般的规模。这其中，酷爱玫瑰的约瑟芬，尤其钟情于收集和种植玫瑰。据统计，至1814年约瑟芬去世时，这个花园里已有大约250种、3万多株珍贵的玫瑰。这期间，还有一个著名的"玫瑰停战"的故事，说是因为给约瑟芬运输玫瑰的船只要经过英法海战区域，双方竟暂时停火让玫瑰船穿过火线。

1798年，约瑟芬与法国花卉图谱画家皮埃尔—约瑟夫·雷杜德在梅尔梅森城堡开始他们之间的合作。此时的雷杜德，已经与当时好几位著名的植物学家合作出版过植物图谱专著了，并拥有了被称为"将强烈的审美加入严格的学术与科学中的独特绘画风格"。作为一名已经受聘了10年的宫廷画师，雷杜德遵约瑟芬之命，开始长达20年的玫瑰图谱的创作。这本图谱最后完成时，约瑟芬已经去世好几年了，但由她发端的这个创作活动，其结果是给世人奉献了一本在同类题材和画法上几乎无人可以超越的《玫瑰圣经》。现在在西方，雷杜德的玫瑰还经常出现在各种日常用品和艺术品中。

雷杜德生于1759年，逝于1840年，享年81岁。他的一生经历了法国相当动荡的那个时期，王朝更替、大革命、资产阶级兴起，等等，但他的创作生活基本上没有受到外界的干扰和冲击，始终保持着平静专注的状态。除了玫瑰，他的百合图谱也是经典，另外，他大概为近50部植物学著作绘制了插图，其间，他还为著名的启蒙主义者让－雅克·卢梭的《植物》一书绘制了65幅精美的植物插图。

　　有关玫瑰的意象实在是太丰富了，在文化特别是西方文化中，玫瑰是被阐释和衍生得最多最丰富的花卉之一，欲望、丰满、艳丽、贞洁和引诱、淫荡、颓废、致命，各种意象彼此重叠彼此覆盖，十分诡异和复杂。在绘画史上，我们可以看到许多著名的画家以不同的心境和不同的取向描绘出来跟玫瑰有关的作品，但在雷杜德笔下，玫瑰有一种还原为单纯的植物本身的特质，从而呈现出一种纯净的没有被阐释的美。这可能得益于雷杜德在艺术之外的学术和科学造诣给予他作品的限制和平衡作用。

玫
瑰

玫瑰，蔷薇科蔷薇属，直立灌木。蔷薇科中三杰——玫瑰、月季和蔷
薇，其实都是蔷薇属植物。在汉语中人们习惯把花朵直径大、单生的
品种称为月季，小朵的称为蔷薇，可提炼香精的称为玫瑰。但在英语
中它们均可以统称为rose。rose正式登记的品种大约有3万左右。

21

藤蔓的阴影

花园里的那面女儿墙被油麻藤给盖满了。

搬到郊外这个家10年了，花园里藤蔓的浓密度逐年加深，我的恐惧也逐年加重——水管龙头在油麻藤的背后，每每浇园子的时候，我总得在层层绿叶背后摸索一下才能打开龙头，我总觉得一只壁虎在等着我。它一定是在的，已经等了我很多年，就看什么时候会摸到它。

人们都说白纸黑字地写下来，很多时候会成为谶语。谶语嘛，就是终究要实现的梦魇。这个关于壁虎的谶语是我自己写下来的。好些年前，搬家的时候我正好出版了长篇小说《中毒》，小说一开头就写，"……通常来说，我遇到惊骇的事情会发出分贝惊人的叫声，比如那次摸着满墙碧绿的爬墙虎藤，走着走着就摸到了一只壁虎；再比如，那次打开碗柜门的时候从里面窜出了一只跟小猫一样大的耗子。前一次在我旁边的，是我的同事；后一次在我旁边的是我的表哥，他到北京出差，奉我妈之命来看看我的窝。他们都被我的尖叫给吓得大失体面，同事居然一屁股就坐在了地上，我表哥把拿着的一个碗朝上而不是朝下飞出去给摔碎了，顺便也碎了我厨房的灯。有必要解释的是，同事和表哥都是年轻人，30多岁。30多岁的男人被吓成这个样子，也不容易。我表哥事后给我说，那一声，穿云裂帛，撕心裂肺，旁边的人听了，跟挨了一枪似的。"

这里面的元素都来自我的周围，尖叫声"穿云裂帛，撕心裂肺，旁边的人听了，跟挨了一枪似的"，是我的一位女友杨端端早年的特点。我跟她一起去看过一次足球赛，当某球星进场时，她突然在我旁边尖叫起来，我当时的感觉就跟挨了一枪似的。那个摸到壁虎的故事来自我的一位大学同学，她把包放在墙边的椅子上，没拉上拉链；走的时候，她拿过包，伸手进去拿什么东西，就摸到了钻进包里的壁虎，我这位同学立马就晕过去了。本来照原样写就行了，我自己偏偏想象了一个摸着藤蔓然后遇险的情节，然后，也就该我经常面对这个场景，预知恐怖。

我怕所有的爬行类东西，怕得要死。首先是怕蛇。带孩子去动物园，到了蛇馆，我从来不进去的，让先生带孩子进去，我在外面等。一看到电视报纸杂志上的蛇的画面，赶紧转台或翻过。甚至，现在写到蛇这个字都不太舒服。如果摸到蛇，我能肯定我会晕过去，如果摸到壁虎，估计不 ·定能成功地晕过去，但尖叫是一定的。据说，像我们这种家庭小花园是没有蛇的，但壁虎肯定有，尤其是种了很多藤蔓的花园。

没办法，藤蔓是一定要有的。一个没有藤蔓的花园在我看来是不完整的，甚至是不美的。我对藤蔓的热爱压倒了对壁虎的恐惧，家里花园里种了不少油麻藤、紫藤、常春藤以及三角梅、蔷薇等各种藤蔓类植物，我迷恋它们那种柔曼披拂的感觉。这中间，以紫藤开花最令人迷醉。紫藤跟油麻藤这种观叶的常绿藤蔓不一样的是，它冬天落叶，积聚了养分之后，春天时在新叶蓬勃之前开出一蓬一蓬粉紫中带着粉蓝的花朵，隔上一段距离看上去，就跟烟雾一般的缥缈迷离。紫藤可能算是最为妖娆最为风情流转的藤蔓吧，李白诗云："紫藤挂云木，花蔓宜阳春，密叶隐歌鸟，香风流美人。"传神的就是那个"流"字，这是紫藤的特质。《花经》中关于紫藤的说法可以说把这个"流"字具象了一下："紫藤缘木而上，条蔓纤结，与树连理，瞻彼屈曲蜿蜒之伏，有若蛟龙出没于波涛间。"

我家的各种藤蔓在经历了多年静谧而缓慢的成长之后，早就从楼上垂拂到楼下卧室的窗口上了。午睡的时候，我拉上纱帘，藤蔓的影子透进来，筛在墙上。这个时候似乎总是有风，藤与叶的影子微微荡漾，仿佛水中的景致。在这种情态下，不好好地做个白日梦，实在是一种辜负啊。

一朵深渊色

油麻藤

油麻藤，豆科油麻属，常绿木质藤本，茎长可达30米以上，适于攀附建筑物、围墙、陡坡、岩壁等处生长，是棚架和垂直绿化的优良藤本植物。

紫藤

紫藤，豆科紫藤属，落叶攀缘缠绕性大藤本。春季开花，青紫色蝶形花冠，花紫色或深紫色，十分美丽。紫藤为暖带及温带植物，喜光，较耐阴，广泛分布于中国境内，具有较高的园艺装饰价值和药用价值。紫藤花可提炼芳香油，并有解毒、止吐、止泻等功效。紫藤皮具有杀虫、止痛等功效。

常春藤

常春藤，五加科常春藤属，常绿攀缘灌木，为著名室内观赏植物，可以吸附由家具及装修散发出的苯、甲醛等有害气体，净化室内空气。

红湿的茶花

春天的成都是写在杜甫的诗里的，"随风潜入夜，润物细无声""晓看红湿处，花重锦官城"。杜子美春夜喜雨，1000多年后的成都人躺在床上，听万物无言，只感觉那雨意一点点地浓重起来，逼围过来。喜耶？忧耶？无喜无忧耶？各怀心事吧。不过，总是睡得着的，因为雨夜之后总是晴天，有很好的太阳，是一种盼头，也是一种调剂。

每年春天总是能看到太多的茶花。我家以前在市中心时，有两棵茶花总是没有动静的；待搬到这个远郊小区后，茶花终于开了，碗大的花朵，红艳灼灼，在花园里煞有介事，有一种特别的喜乐之气；我随即巡查了整个小区，发现处处皆是茶花，还都是些身形巨大的树模样，挂一身的大红花，叶子油绿油绿的，很喧闹，像热情过分的妇人，让人多少有点窘迫和尴尬。

　　成都称蓉城，蓉，即芙蓉也，也是碗大的花朵，属于气质浓烈的花卉。"文革"时把芙蓉砍得差不多了，后来成都园艺部门又补种了许多芙蓉。现在成都的芙蓉多半是高大的木芙蓉，花开在高处，"红湿"之意境不易领会。我是在目睹了那么多的茶花之后，终于把"红湿"二字给理解得淋漓尽致了。

　　不过，我是不喜欢的。雨中的茶花越发红得惊心，努力承受雨水的打击，鲜艳又衰败，拼命的样子，像濒死前的一脸浓妆的挣扎。很不堪。莫名其妙地就想起阮玲玉主演的《新女性》，她最后圆瞪化着舞台妆的双眼，在友人的撑扶下支起上半身，对着镜头厉声抗议万恶的旧社会："我——我——我——要——活——下——去！"然后，咕咚一声栽下去死掉。

　　同样是红花，我对贴梗海棠充满好感。花朵的大小有着恰如其分的尺寸，又没有那么嚣张的红，被水浸过之后呈现出温润的艳。成都春天的雨水于海棠是对衬的。对衬意味着感觉适合、沟通顺畅。茶花败在强求对等，而又不可能，于是不甘，于是挣扎，所以下场很难看。

　　强烈的、浓烈的、剧烈的东西，在细雨中显了虚弱的原形；它也许在暴雨中还能抵挡，但经不住细雨的碾磨。但这种失败也是木本植物的失败，草本的花花草草不能放在一起来说，那些天生贫弱的东西跟木本植物根本不在一个语境里。

问题是，是茶花还是海棠，这是天生的命运。这一点让人无奈至极。

一朵深渊色

茶
花

茶花，又名山茶花，山茶科山茶属，花瓣呈碗形，单瓣或重瓣，植
株形姿优美，叶浓绿而有光泽，花形艳丽缤纷。茶花原产于我国
东南地区。

一杯春茶

春天对于成都人来说，比其他季节更显珍贵。蜀犬吠日之地，熬过整个阴霾湿冷的冬天。成都春天的开端，意味着在最为珍贵的阳光中，在油菜花和桃花的簇拥中，喝上一杯春茶。

所谓春茶，一般指的就是明前茶。清明前因为天气冷、虫害少，对茶叶的破坏小，茶形更完整，而且不需要打药杀虫，从茶叶的外形、口感和健康角度来说，都是上佳之选。对于成都的好茶之人来说，备春茶一般都选两个地方，一是蒙顶山，一是峨眉山，都是出好茶的地方。这些年开春时喝峨眉山的竹叶青逐渐成了习惯。

选竹叶青，一来是茶的品质的确不错，二来挨着原产地，可以喝新鲜茶。这些天看到竹叶青的一句广告词，"春天，从一杯竹叶青开始"。虽说是广告词，但让人舒服，也是实情。他们那句最常用的广告词也让人特别会心，"竹叶青，平常心"。他们把安静内敛的围棋选手常昊聘为代言人，还冠名了好几届欧洲围棋大会。茶和围棋，都是静雅之物，这样的广告策略无疑是很成功的。茶跟成都这个城市的气象和心态特别吻合，成都的闻名遐迩，不在风景，不在时尚，就在一份平常心上。

2011年春天跑到峨眉山的竹叶青基地去现场体会了一番采茶。那次是我们一家三个人，和老友易丹、郭彦夫妇，还有阿潘一起去的。主人家告诉我们，我们采多少，就给我们炒多少出来，然后自己拿回家品尝。这话太鼓舞人了。我们一行六个人，这得采多少啊?! 而且采茶是那么轻巧优美的活计! 兴奋中，人脖子上挎了一个小竹筐就下到茶园里去了。

到了茶园里采了没一会儿，就发现有点不对劲了。茶园不是平地，茶树是一垄一垄地整齐地长在"坡"顶上，人得站在下面的小沟里，努力地往上够，掐尖儿，拿茶尖儿的行话叫作芽心。以前看电影电视，留下了采茶女两只玉手跟弹钢琴一样的印象，实际上完全不是那么回事，这完全不是一桩轻松的活计。既然来了，采吧。可采了半天，手酸腿软，芽心还没铺满竹筐底儿。

后来跟主人家一打听，原来我们平常经常喝的竹叶青明前春茶，每500克就需要35000至45000颗芽心。这样啊？我们看着筐底儿铺的那薄薄的一层劳动成果，一下就泄气了。六个人把所有的芽尖归置在一块，主人家说去给我们炒，大概能炒出来个二三两吧。这跟我们事先预想的一人提个两大包春茶回家的美梦差距太大了，让我等相当地错愕。

其实，我们去体验采茶的茶园只是竹叶青基地的一个示范茶园，就在峨眉山脚下。真正的生产基地是在山上，万年寺附近，海拔在1200米以上。主人家知道我们这些来玩的人是吃不了采茶的苦的，所以也就没有把我们拉到寒冷险峻的山上去。我们也的确没辜负人家的判断。

不管怎么说，总算是亲自采过茶了。对茶叶的说法多了一分敏感。我看过一份三大绿茶品类品质的对比表。那里面的描述很有意思，专业性中透出文字和意境的美妙感觉。说西湖龙井，干茶评定："茶叶为扁形，叶细嫩、条形整齐，宽度一致，为绿黄色，手感光滑，一芽一叶或二叶。"开汤评定："色泽翠绿，香气浓郁，甘醇爽口。"说碧螺春，干茶评定："条索纤细、卷曲、呈螺形，茸毛遍布全身，色泽银绿隐翠毫风毕露，茶芽幼嫩、完整。"开汤评定："滋味鲜醇、回味甘厚，汤色嫩绿整齐，有特殊浓烈的芳香。"说到竹叶青，干茶评定："颗粒饱满，均匀，弧形完美；色泽纯一匀净，嫩绿鲜润。"开汤评定："嫩香透天然兰花幽香，嫩绿鲜亮，鲜爽甘醇，全芽完整且鲜活匀亮。"我是一个好茶之人，但平时喝龙井和碧螺春的时候很少，喝竹叶青的时候居多。喝绿茶，我一般用玻璃杯，便于观形观汤。对照这个说法去喝竹叶青，好像很有应对哦。

　　一般来说，2月底3月初的时候，如果连着几个艳阳天，成都的春天就算驻扎下来了。春天一到，遍地茶馆的成都人都在阳光里喝茶，微涩，不甜，爽口又爽心。心，得是平常心。常言说，一年之计在于春。春天开始，有一颗平常心，这一年的日子就过得比较舒坦了。

猛虎细嗅蔷薇

茶

茶，山茶科山茶属。陆羽《茶经》云："茶之为饮，发乎神农氏。"早在神农时期，茶及其药用价值已被认识和发现。春秋以前，茶叶因药用而受到人们的关注。秦统一巴蜀，促进了饮茶风俗向东延伸。三国时期，饮茶之风进一步发展。

鱼腥草，折耳根

　　2012年3月，我先生李中茂的老师、南开大学教授宁宗一先生来成都开会，顺便在我家小住几日，想吃一吃我们的家常菜。中茂陪宁先生去了一趟菜市场，回来时，宁先生喜滋滋地说，太好了，买到鱼腥草了。

　　宁宗一先生，北京人，满族，母亲那一支是爱新觉罗。他82岁高龄，依旧保持其生就的玉树临风的体形，腰板笔直不说，说话的速度还是跟早年一样，一口京片子，又脆又快，无论坐在哪里，旁边的人都只有听的份儿，插不上嘴。我第一次见宁先生是我跟先生结婚那一年去天津，到南开去拜会他；之后10多年来，每每见他，他都没什么变化。这回，趁宁先生在我家小住的机会，自然要好好讨教一下养生之道。

　　先得问问他那么热衷于鱼腥草是怎么回事。据我观察，这种川渝黔叫作折耳根的家常野菜，北方人大多吃不惯。宁先生说，春天来了，一冬天郁在体内的积毒得排出去，好些菜就是引子，比如，椿芽、菠菜、韭菜、芥菜什么的，春天吃是最划得来的，吃的就是这些菜的精华。而鱼腥草也是春天吃最好，至于说好处，那就多了，总结起来就是清热解毒，排脓消痈。

据说鱼腥草得名是因为这种植物有一股子鱼腥味，但在川渝黔地区，作为春夏餐桌上最为常见的凉拌菜，却是人人认同的美味。川渝黔人叫它为折耳根，还叫它为猪鼻拱。至于为什么，我去查了一下资料，猪鼻拱无解，折耳根的说法是一个关于这种植物最早的生长地区赤水河边的神话故事，故事挺长，涉的人物很多，有鲁班、鲁国国王、玉皇大帝、观音以及赤水河民众。这个故事看到最后，发现折耳根的说法十分牵强，故事本身也不好看。

折耳根在西南地区的餐桌上那是挚爱菜品，其根和叶都可以入菜。一般是凉拌，加酱油、醋、红油辣椒、香油和糖。因为其气味浓烈，其他的调料就不用加了。开春后新鲜蚕豆（四川人叫胡豆）上市，大家喜欢把胡豆煮熟后和折耳根放在一起凉拌。冬天的时候，折耳根的根还经常用于炒腊肉，很是鲜香美味。

后两天，我们和宁先生还有几位朋友坐在宽窄巷子的"白夜"酒吧里喝下午茶晒太阳，宁先生教我们一个简单的排毒方法——用手掌轻拍臂弯处，也就是曲泽穴，作用在于散热降浊。我和来自台湾的刘女士都学着拍，拍着拍着，臂弯处渐渐显出刮痧般的紫瘀，真让人有点惊愕，而我们拍得真的很轻。宁先生说，这些紫瘀就是排出来的冬毒。我先生中茂在一旁看了，制止我，说看着吓人。我说，排毒呢。中茂说，老爷子那些说法你不能全听进去，他的养生之道里有不少很有道理，比如中午晒背晚上烫脚，肯定有好处的，至于说这个嘛，我看你还是算了吧。

宁先生有中茂这些个跟他情同父子但多少有点熟不拘礼的弟子，真是有幸也不幸。那天"白夜"下午茶后的晚餐，中茂跟他大学同窗，也是宁先生学生的刘国辉一块儿打趣老先生，让他谈谈婚姻要诀，宁先生有点当真地说着，两个学生使坏地提炼段落大意并总结中心意思，一个说，哦，第一是要等候；另一个说，哦，第二是要忍受……一桌围观群众大笑不已，笑声中很是羡慕这种没大没小亲密无间的师生情谊。我想起这么多年来接过宁先生打来的几次电话，拿起电话，一口好听的京腔，"洁尘，我是宁宗一，我要向你投诉李中茂……"

猛虎细嗅蔷薇

鱼腥草

鱼腥草，三白草科蕺菜属，产于我国长江流域以南各省。名见《名医别录》。唐苏颂说："生湿地，山谷阴处亦能蔓生，叶如荞麦而肥，茎紫赤色，江左人好生食，关中谓之菹菜，叶有腥气，故俗称：鱼腥草。"

樱桃的不安

　　每年晚春，让人激动并有点微微不安的事件之一就是樱桃上市了。黄澄澄的篮子盛了，夹杂着些许椭圆形的翠绿的叶子，然后，便是那无数颗艳红的小珍珠，让人觉得吃了可惜了。时令中的樱桃，怎么想都是淘气，是女儿态，是撒娇发嗲，总而言之是娇嫩的美。最爱吃樱桃的是小鸟和女孩子，果子漂亮，滋味酸酸甜甜，很像初恋。

　　翻看清代笔记小说，在袁枚的《子不语》中有一则"樱桃鬼"，初是大感兴趣，想是一个无比香艳的鬼事，却不想里面没有女人或女鬼，有的是一个不解情趣的歹人。故事是这样的：樱桃鬼匿身樱桃树，现形是巨大的蓝色的男身，如气体一般可分可合，不害人，只爱偷酒喝。樱桃鬼素来平安，想是人们当它小节不拘，不以为忤，却不料有一天偷到一个叫熊本的太史头上，这个家伙便勃然大怒，提剑追杀。循迹而来，"斩樱桃树而焚之"。树焚后，"尚带酒气"。这个熊本实在是可恶至极。

在我看来，樱桃鬼显形后男女且不论，但应该是粉色的，而不是阴冷的蓝色，可见这樱桃在一些人的意想中是带煞气的，不客气的。许多树在中国的传说中都有不祥的意味，可能是因它们生命力的长久和茂盛，阴间之物欲借其栖身还阳。这种说法不知怎样？不管也罢。我喜好的是关于这些"树鬼"的描写文字，比如，"……有海棠一枝，白鸡成群，入树下不见。"最妙的是像"花魄"这样的故事（见《子不语》），说婺源人士谢某在山中读书，"早起，闻树林鸟声啁啾，有似鹦哥。因近视之，乃一美女，长五寸许，赤身无毛，通体洁白如玉，眉目间有愁苦之状。"谢某将这小"女子"带回去，装在鸟笼里，用饭喂它。它咿咿呀呀地似乎在说着什么，只是人听不懂，几天后，阳光一照，它竟然干枯死掉了。有博学之士指导说，这东西名叫"花魄"，凡是一棵树上吊死过三个人，其怨苦之气便会凝结成"花魄"这个东西。如果你给它浇水，它还可以活过来。谢某如法炮制，果然。后将"花魄"送回树上，"须臾间，一大怪鸟衔之飞去。"

美丽往往是异样的、令人恍惚的。绵密的、充满色彩的文字，离美总是很近。我在法国的蒙田、美国的梭罗以及英国的兰姆等大作家那里读到的树也很多，那是一种纯净的美，但很显然，东方的树要复杂得多，虬结的点缀着朵朵嫩丽花朵的梅树可以是枯厉的美，清白若骨的枯枝又可现出骇人的妖艳。树、男人、女人、鬼的联想、庭前秋草、一夕幽会后被露水濡湿的衣襟、割腕盟誓生死相许……每一点都可让你的冥想一去不复返。东方的恋情着实是一种高难度的审美，令人敬畏。

一到4月，菜场里就有一些新气象，最夺目的，莫过于一篮一篮垫着叶子的樱桃。嘴馋的女人都知道，赶紧买赶紧吃，只有几天时间，很快就下市了。樱桃因为量小周期短，一向是很贵的时令水果，往年要十来块钱一斤。2012年物价飞涨的一个标志就是春天的樱桃要35块钱一斤了。

樱桃，这个词的温软娇娜之意难以言传。英语里这个词有处女的意思，很贴切。那么小，那么红，那么晶莹剔透，是最美的水果。我家种有樱桃树，但都吃不着，刚刚一红就被鸟儿吃光了。被鸟儿吃掉这些酸酸甜甜的小果子，我们丝毫都不沮丧，想象一下鸟嘴和樱桃之间那种窸窸窣窣的感觉吧，太般配了。世间有些东西就是绝配，比如樱桃和小鸟，胡萝卜和兔子，玉米和鸡，还有旱金莲和狗——前面几样是共识，最后这一样算是独见吧。

有一天去菜市场，选了一点樱桃和另外几样蔬菜，要走的时候，一个太婆喊住我：小妹儿，买点瓟儿瓜嘛。

成都这地界，对女人最讨好的叫法就是小妹儿，不管离"小妹儿"是不是已经相去甚远了，只要是觉得对象可能比自己年轻点，喊一声"小妹儿"绝对没错。被喊的人，比如我这样的中年妇女，虽然不觉得受用，但也不觉得唐突，不像在我婆家天津，不管什么年龄一律被人喊成"大姐"那么的让人觉得发哽。

太婆喊我小妹儿还是合适的。太婆指着一小堆瓟儿瓜说，买点嘛，自家才讨的。成都附近农家一般都把摘说成讨。我家今春还没有吃过瓟儿瓜呢，好，尝个鲜，买两个回去清炒一盘。

瓟儿瓜是成都春夏十分常见的一种家常瓜菜，好像只有成都这地界是这个叫法。它的学名是佛手瓜，又名隼人瓜、安南瓜和寿瓜，属于葫芦科。看资料说，这种瓜既可以当菜，也可以生吃，但在成都，就没听说谁把瓟儿瓜拿来生吃，都是入菜的。

我做瓟儿瓜一般都是清炒，热油里放下几颗切成丁的泡海椒，不等其煎煳，就把切成片的瓟儿瓜放进去，几铲之后放一点盐，再几铲后，起锅盛盘。这盘小菜十分爽口，色彩也漂亮，淡绿色的瓜片中点缀着几颗鲜红的泡海椒，一看就让人有胃口。

川菜中的泡海椒是个神奇的东西，成都家庭中一般都常备，选用的是成都出产的"二荆条"红辣椒，泡在泡菜坛子里随用随取。鱼香味型的菜都离不开泡海椒，我还特别喜欢清炒蔬菜时放几颗泡海椒进去，一来提味，二来添色。

把清炒瓠儿瓜放在餐桌上，旁边是一盘洗好的还特意留了几片叶子做陪衬的樱桃。两盘红配绿看着真是欢喜：一是淡绿里点缀着几颗鲜红，一是殷红中铺垫着几片油绿。想起一直不明究竟的一句成都老话，"红配绿，丑得哭"。绿在成都话里发"LU"这个音，所以这句俗谚很押韵。红配绿是多么结实多么热闹多么养人的色彩搭配啊，一看就让人生发元气，哭哪门子呢?!

卷 猛虎细嗅蔷薇

樱
桃

櫻桃，蔷薇科樱属，落叶灌成木或乔木，高3—8米。花如彩霞，果若珊瑚。其果实熟时果皮深红色者名为朱樱，果皮黄色者名为腊樱，果皮紫色而有黄斑者名为紫樱。

45

一朵深渊色

佛手瓜，葫芦科佛手瓜属，具块状根的多年生宿根草质藤本，原产于墨西哥、中美洲和西印度群岛，19世纪传入中国。

走青和见红

走青和见红。写出来就好看，两个色彩名词自不必说，所有的色彩名词都好看，是直接和观感连通的；那两个动词也好看，走和见，都有一种利索劲儿。

所谓走青和见红，都是在说吃。

春天来了，嘴馋，但又不能放任自己大吃海吃，还得注意保持身材不是，于是看美食书解馋。其实美食书让人更馋，但至少比不看时那种胡乱迷离的馋要来得清晰具体一点。

"走青"是在欧阳应霁的《半饱》里看到的，说是他小时候跟外祖父在大排档吃鲜虾馄饨时，经常听到邻桌有人吩咐伙计"走青"，也就是不要在碗里放葱花。顾名思义，就是让"青"走开的意思。这么说来，"见红"也好理解了，就是见红了，红，辣椒。

"走青"我是不理解的，吃馄饨不要葱，就跟吃面不要葱一样，那味道很难想象，就如石光华在《我的川菜生活》中说的，"葱是一种日常的饮食生活，很多时候，都在不经意之中，就和我们的身体连在了一起，不需要过分正式和盛大，吃肉圆子，里面一定是要有葱和着剁细的；吃面条，没有一撮葱花，总觉得那是一碗无精打采的面。"

对啊，干吗要吃一碗无精打采的面。以前我有一次在一家小店吃面，一个女孩进来说，老板，二两煎蛋面，不要蛋。老板愣在那里，半天才说，小姐你指点一下，这面怎么做啊？食客们都在笑。女孩不好意思地解释说，煮好后把蛋捞走就是了。真是怪人一个，既然要蛋味，怎么就不能吃蛋呢？这碗面在我想来就有点无精打采。

我也有点怪，也是吃面。我会对老板说，清汤面，但放点红油。成都的面常见的分两种，一是清汤面，一是素椒面，后者是放辣椒的，放的是熟油辣子——用烫油浇在干辣椒面中，冷却后待用；一般来说油会很富余，汪在辣椒面上。我只要面上的那点油，香，润，微辣。如果我刁钻点的话，可以这样对老板说，清汤面，见红。那样的话，老板也会愣在那里。

青和红，葱和辣椒，在石光华的那本书里很是被抒了一回情，我很喜欢。美食这东西，本来就是人生一大抒情对象。他说："我们小时侯吃葱，今天仍然吃，到老了，很多东西吃不动，或者口味被迫变化，很多东西不吃了，但是葱，可能还是要吃的。像一个诗人开玩笑所说：虽然我们早已过了豆蔻年华，但是，我们还有一生的青葱岁月。"这是一种淡定从容的恋情，相比之下，说到辣椒，石光华就激动多了："我说过，姜是食物中的兄弟，那么，辣椒就是情人。……辣椒在夏天的阳光中，经历了短暂的青绿后，也都三三两两地透红了，用诗人的话说，'她拿出了最后的惊人之美'。……真正的情人，都是一生的。"呵呵，这么浓烈的爱情啊。很多四川人对辣椒真是一生一世的浓情蜜意。我比较温暾，跟对感情的态度一样，不走青，见点微红。

一朵深渊色

葱

辣
椒

紫罗兰和接骨木

有两种植物我觉得相当熟悉但又一无所知。熟悉是因为经常在阅读中在文字中遇到它们，但事实上我一直不清楚它们到底是什么模样；在日常生活中，或许我遇到了却不相识，或许我从来没有遇到过它们这两种植物，一是紫罗兰，一是接骨木，都是春天的花朵，都以花香著称。

我从小以为的紫罗兰其实并不是紫罗兰，我也不知道它该叫什么名字，那是另外一种草本植物，紫红叶茎，开没有什么气味的浅粉色小花。真的紫罗兰也是草本植物，多年生，花朵茂盛鲜艳，香气浓郁，颜色有紫红、淡红、淡黄和白等几种。

紫罗兰有一种浓烈的芳香，据说闻上去像沾过柠檬和天鹅绒布后被烧焦的糖块，不喜欢的人会觉得恶心。有人曾经说过，紫罗兰的香又甜又腥，类似于性冲动时分泌出的那种味道，让人迷乱。难怪紫罗兰从来就是春药配方中的重要成员。

读美国女学者黛安娜·阿克曼的著作《感觉的自然史》，里面谈到紫罗兰的特殊香味。紫罗兰含有紫罗兰酮，它可以让我们的嗅觉出现"短路"的情况，也就是可以短时间中断我们的嗅觉，所以，紫罗兰的香味闻来是断断续续的，这使得紫罗兰有别于其他花香，带有一种若隐若现、神秘古怪的气质。据说，拿破仑的皇后约瑟芬就酷爱紫罗兰的这一特点，经常使用一种用紫罗兰浸泡过的香水作为她的招牌。还据说，约瑟芬死后，拿破仑在她的墓前遍植紫罗兰。不知道这个传说的可信度有多少。在我的阅读印象中，约瑟芬是一个"玫瑰皇后"，最爱玫瑰。不过，要说个性吻合的话，传说中的约瑟芬是挺像紫罗兰的，浓烈且神秘，犹如莎士比亚在诗中所描述的紫罗兰香，"浓郁但不持久，甜蜜但很短暂，芬芳娇艳顷刻即逝。"总而言之，紫罗兰不是一种让人亲近的花，它的魅力也在于此。

接骨木这个字眼听上去远不如紫罗兰那么娇媚动人，它显得很朴实很家常，也有点怪怪的感觉。在生活中，我接触到的接骨木是在中药里，它的药用价值是接骨续筋、活血止痛、祛风利湿。在文字中，经常会遇到接骨木这个字眼，印象最深的是安徒生的童话《接骨木树妈妈》。那是一个美好温暖的童话，里面的元素是孩子、老人、关爱、金婚、长久等。在这个美丽的童话里，作为"树神"的"接骨木树妈妈"，可以变身为一个慈爱的老太太，也可以变身为一个美丽的少女。她是从茶壶里出来的，小男孩受凉伤风躺在床上，他妈妈泡了一壶接骨木树叶茶为他祛寒，"……茶壶盖慢慢地自动立起来了，好几朵接骨木花，又白又新鲜，从茶壶里冒出来了。它们长出又粗又长的枝丫，并且从茶壶嘴那儿向四面展开，越展越宽，形成一个最美丽的接骨木丛——事实上是一棵完整的树。这树甚至伸到床上来，把帐幔分向两边。它是多么香，它的花开得多么茂盛啊！在这树的正中央坐着一个很亲切的老太婆。她穿着奇异的服装——它像接骨木叶子一样，也是绿色的，同时还缀着大朵的白色接骨木花。……"接骨木树妈妈带着孩子飞起来，穿越四季，在长满了新叶子的山毛榉、绿色的车叶草、淡红的秋牡丹、茂密的野蛇麻和盛开的牵牛花中穿梭，她告诉孩子这就是他的祖国丹麦，她还说，她真正的名字叫"回忆"。跟《卖火柴的小女孩》《海的女儿》那般伤感凄婉不一样的是，安徒生的这篇童话是相当温暖明亮的。

我希望我能在我的花园中种上这两种植物，紫罗兰和接骨木。想象中，紫罗兰神秘的花香断断续续，而接骨木春季白花满树，夏秋红果累累。就是想象中，那种情态也相当美妙了。

一朵深渊色

紫
罗
兰

紫罗兰，十字花科紫罗兰属，两年生或多年生草本，原产于地中海沿岸，目前在我国南部地区被广泛栽培。紫罗兰的花瓣呈紫红色，也有淡红、淡黄或白色的，带有香气。紫罗兰是春季和冬季重要的切花，适于室内观赏。

接
骨
木

接骨木，忍冬科接骨木属，落叶灌木或小乔木，最高可达6米。接骨木在世界范围内分布极广，是著名的药用植物。常以茎、枝入药，有祛风除湿、行血通络等功效。

旱金莲

到了春天，我每天早上的起床时间调到了6:45。这个时间是算过的。

头几天得靠闹钟闹醒，没几天后生物钟开始起作用，就会在闹钟响之前处于半梦半醒的状态，似乎能感受到窗帘外渐渐明朗起来的天光，接着闹钟一响，顺势起床，一点也不勉强了。

煮鸡蛋，烘面包，三个人早上喝的不一样，儿子是牛奶，先生是红茶加奶，而我是从来不变的咖啡。到了7:40，上学的和上班的都走了，我赶紧收拾餐桌、厨房、卧室，与此同时，水烧好，茶泡好了，一看时间，差不多是8:00。换上运动鞋，带两条狗出门，晨运开始了。

8:45回家。一身大汗，赶紧冲澡换衣。端着茶杯坐进书房，摁开电脑开关，启动时间一般在1分钟左右，待电脑到位，时间显示基本上就是9:00。如果没有其他要紧事出门，上午9:00开机工作，是我多年的习惯，也成了强迫症，不能轻易变动，变动了就不舒服。所以，早上6:45的起床时间是这样倒推出来的。

8:00到8:45，一堂课的时间，我会跟狗儿们在小区里遛上一大圈。

一出门，小布丁总是先冲到拐角院子的木栅栏门前，先和那条哈士奇吵一架。每次都吵得很厉害，像要打起来似的，但如果没有门挡着，估计也打不起来，小布丁向来欺软怕硬，它就是欺负人家哈士奇是被关在院子里的。多次呵斥无效，我现在是任由小布丁吵去，带着沉默高贵的金毛小三儿径直远去，没一会儿，小布丁就跟上来了，贼得很。小布丁是蓝顶画家村一条流浪狗的孙子，血统十分复杂，朋友来问能否收留，我就要了。两个月大的时候来到家里，十分乖巧温顺，我捧在手里喜不自禁，先生在一旁有点担心地说，这种狗比不得纯种狗，搞不好德性不太好哦。不幸言中，很快它的毛病就显出来了，欺软怕硬、惹是生非、贪吃贪占，卫生习惯更是一塌糊涂。因为从小是跟大狗金毛长大的，还有了幻觉，以为自己就是大狗，待性成熟开始发情时，对跟它匹配的小母狗不屑一顾，只对美丽的大母狗一见钟

情，巴巴地腆着脸跟在后面，但没有任何机会。有一次小布丁在
众目睽睽之下，抱着一条母古牧的腿不撒爪子，人家古牧也不生
气，自己散自己的步，小布丁就被拖着走。周围的人都笑疯了，
有人说，好像在吊大卡车哦。我知道它丢脸，但也无所谓，小串
狗嘛，也就是一杂皮，没人把它当回事。好在我家正宗金毛端庄
大气，很给我们争气。这些年来，熟悉的狗友时不时问，你家小
布丁还没有耍到朋友啊？我说，可不是，4岁了，一次朋友都没
耍成，所以越发变态了。

变态的小布丁有一点是我很喜欢的，它总是能把我带到旱金
莲花丛中去。

初春，旱金莲开始盛开。这种浓艳的攀缘类草本植物，花期
很长，烂漫绚丽，是庭院植物的一大胜景。曾经，我家的旱金莲
开成一片小花海，覆盖了二三十平米的花坛。一眼望过去，荷叶
般的翠绿叶子十分精致，一朵朵金红色的单瓣黄蕊小花也十分精
致。都给十分，一分不少。

那种盛况出现在阳光相对充足的屋顶花园。现在，住在一楼
的树荫下，阴凉中的园子就看见树们长得滋润，花们都不给力。
池边篱笆前依然种有旱金莲，零零星星地勉强开上几朵，比起早

先那十分励志的阵仗，实在是消沉多了。

好在小区园子的旱金莲颇具规模。小布丁一路歪歪斜斜不成体统地瞎走着，指望着捡块骨头闻块狗屎什么的，如果它突然雀跃矫健地向前奔去，我跟着过去，好些时候就会遇到一片旱金莲。小布丁跃进花丛，撒泼打滚一番，爬起来时神态迷幻、眼神空茫，我怀疑它是吃了旱金莲了。它如果真吃旱金莲倒不奇怪，前段时间我在樱园看到过兔子吃茶花呢。我查了一下资料，旱金莲性味辛凉，口感清爽，清热解毒，滋阴降火，这对性苦闷的小布丁倒真是合适。

春　猛虎细嗅蔷薇

旱
金
莲

旱金莲，旱金莲科旱金莲属，多年生的攀缘性草本。花单生或2—3
朵呈聚伞花序；叶形如碗莲。花色有紫红、橘红、乳黄等，是一种
重要的观赏花卉。旱金莲的花可以入药。其嫩梢、花蕾及新鲜种子
可作辛辣的调味品。

59

一朵 深洲色

第二辑

夏　芬芳悱恻的胸怀

通往盛夏的甬道

我对5月的感觉比较复杂，也不是不喜欢，就是觉得有点不知道该怎么看待它。

前面的4月，满目芳菲，特别是我很热爱的一种园艺景观正当盛事，那就是红蔷薇爬满了栅栏。我最中意的是一种叫"大红袍"的蔷薇品种，深红的，很俏丽也很雅致。面对着这样的花事总是感动的。那种感动是浓厚的，又是清淡的，混合着成都4月特别的湿润。

4月的成都是最温情的，白天是酥心糖一样的阳光，晚上是细沙一样的雨，要下一整夜。每每早上起来，地面是湿的，树叶和花瓣也是湿的，空气被洗得透亮甘美，直接往肺里泼进去。杜甫诗云，"随风潜入夜，润物细无声""晓看红湿处，花重锦官城"，就是写的成都的这个时节。

　　5月之后的6月，像一条甬道，两边全是绿得微微发苦的叶子。这条甬道通向盛夏。

　　盛夏在我的感觉里就像池塘。到了七八月，天光、时间、内心，都沉入了水中。浮萍点点，那是一些些热闹，一些些回忆，一些些抓不住的念想。没有风，水面纹丝不动，水下也没有任何使劲的东西。一切都是冷静的，也是慵懒的。这是一年中最寂寞的时光。寂寞很艳丽，像池塘里唯一的一朵睡莲开了。

　　盛夏里是没有什么花事了，该结果的在默默地结果，没有结果的，就在拼命地绿着。那种绿，很苦。俗话说人在夏天吃不好睡不好身形清减，这种状况叫作"苦夏"。是啊，夏天就是苦的，苦得像苦瓜那样爽口清香。

　　之前之后这么一说，我突然明白为什么我不知道该怎么看待5月了。5月是徘徊吧，在春夏之交的接头处，在步向盛夏的甬道口，徘徊一番。说季节，自然会想起《枕草子》来，那里面当然是少不了对5月的说法的。林文月的译本里说，"夏则夜。有月的时候自不待言，5月的暗夜，也有群萤交飞。若是下场雨什么的，那就更有情味了。"同样这一段，周作人的译文是，"夏天

63

是夜里最好。有月亮的时候，不必说了，就是在暗夜里，许多萤火虫到处飞着，或只有一两个发出微光点点，也是很有趣味的。飞着流萤的夜晚连下雨也有意思。"虽然这里所说的5月指的是旧历，很多时候没有和新历5月吻合，但，我就把这些文字嵌进找不到更多看法的5月里吧。5月则夜，清凉如洗，宜于静处。一般来说，一年中的5月，我是不太愿意外出的，那么好的夜，还是留在家里享受比较舒服。

一直等我的壁虎

有朋友问我，你在家写作，每天都过得差不多，独处时最喜欢的是什么？

喜欢的多了，当然首先是写作，其次读书、看碟、喝茶、听音乐、吃零食、在网上逛，我都很喜欢。但最喜欢的是什么呢？想了想，哦，应该是早上起来浇园子。

我说的这个最喜欢是在夏天。成都夏天的太阳一般得在9点过才打出来，而之前的清晨，尽是凉风和清透的空气，这风和空气都属于夏天，带着植物新陈代谢最丰满成熟时期那种些微的腥甜。

我穿短裤、拖鞋，走到花台水管那里，伸手到已经被青苔和爬藤盖满了的墙边，摸着把龙头打开。这很惊险，因为我很可能会摸到壁虎。

龙头打开了，最开始的水我从来是犒劳自己的，我拿着水管冲脚，清冽凉爽，甚至有点冷。我知道这是老去之前的一种奢侈享受，现在得赶紧抓住才行。

拖开十几米长的水管，开始正式浇园子了。浇花和浇园子，虽说对象是一样的，但意思完全不一样，因为规模完全不一样。我觉得浇室内的植物叫作浇花，拿着个小罐子，一点一点地小心地浇，生怕洒到地板上，这和在园子里像拿机关枪一样端着水管横冲直撞，感觉是两回事。

水呈扇形在空中洒开，我把手臂抬高，让水扇子与我的视线齐水平高度。于是，园子变了，植物变了，甚至空气也变了，它们在水的折射里都发生了轻微的变形。光线从对面而来，观看也从对面而来，而不是只从我的眼睛看出去。世界著名摄影家、巴西人塞巴斯蒂安·萨尔加多说，"摄影就是'看'来自对面的'光线'"。另外一个摄影家，更是著名的哲学家、法国人让·鲍德里亚也说了同一个意思，他认为，是照相机镜头对面的事物在凝视我们这边，这些事物一直在伺机而动，希望通过摄影被拍摄成照片，成为一种新的现实形态。

我最近在看一些关于摄影的书。我的兴趣点还不仅仅在于作品本身，我觉得我更在意寻找一种观看方式。其实，所有有关视觉的东西，要领不在于对象（当然对象是重要的），而在于观看方式。从书房出发，我最贴近的有所感悟并得到享受的一种观看方式发生在我与植物之间，那种绿，那种植物特有的静谧深厚的品质，通过水，渗透过来。而我渗透过去的是堪称舒展的姿势和惬意的表情，以及满心的喜悦。这可说是一种相互的观看，是一种对视。

当然，每一种合适的观看都需要一些基本的元素，比如在我就是夏天、清晨、可以抛洒开来的水。仔细地浇透整个园子一般要一个小时左右，所以元素里还需要有时间。浇完园子，我再次冲脚，然后摸着去关水龙头，又一次有惊无险：我没有摸到壁虎。我总觉得有一只壁虎一直在等着我摸到它。

成都人家

　　要说家居特点，现在的成都应该和全国各大城市一样，游走在各种风格之间，中式的、和式的、西欧复古式的、极简主义的，等等。不同的人家因为各自的趣味而选择不同的风格。仅从室内装修来说，走进任何一个普通的成都人家，并没有特别的地域特色。这是这个时代资源共享、趣味趋向的结果。

　　但是，有一个特点是延续了川西居家传统的，那就是对树木花草的亲近。人、建筑和植物，彼此依存，彼此滋养。成都的家庭园艺之普及，相比于很多城市来说，是很突出的。从户型来说，几乎所有的户型都给园艺留出空间，当然别墅就不说了，那种带户外花园的一楼和带屋顶花园的跃层一直是非常热销的；其他户型，也在很大程度上配置空中小花园或者比较大的阳台。可以说，在成都，如果没有栽花种树的地方，那么房子就很难卖出去。

　　成都的气候温和湿润，植物四季常绿，特别适宜园艺。它不像好些北方城市，冬季酷寒，植物放在室外难以过冬；也不像好些更南方的城市，日照过于强烈，只适合栽种一些生命力特别强悍的品种；它也不像西部那么缺水。在成都，侍弄植物不是一件艰巨的任务，在这个降雨丰沛的地方，植物似乎是被精灵庇护着的。

　　1945年，叶圣陶先生在其《谈成都的树木》一文中曾说，"……在新西门附近登城向东眺望。少城一带的树木真繁茂，说得过分些，几乎是房子藏在树丛里，不是树木栽在各家的院子里。山茶、玉兰、碧桃、海棠，各种花显出各种的色彩，成片成片深绿和浅绿的树叶子组合成锦绣。"类似这种赞叹成都植物之茂密的文章，出现在很多到过成都的文化大家的文章里，但成都本地人，倒是有点习以为常了。在很多成都人的记忆里，童年的光阴总是在藤蔓边树荫下度过的。专事成都民居建筑研究的学者季富政先生曾经描述过他见到的成都后河边街的一所民居，完全被金银花藤蔓给"掩埋"了，当时正值开花时节，香气纯美浓郁。"……待仔细观察，复见木构精湛的窗棂、花罩亦被藤蔓缠绕遮闭，门首似成'洞穴'入口，室内略有些幽暗。……这个为了追求和自然亲近，为了躺在自然怀抱里生息的宅主，为了争宠自然，看来居然已经到了置光线采风等家居其他条件于不顾的境地。"其实，这样的场景在我看来都不奇怪，在我生长的成都北城，那些红砖老房的很多窗户都是被爬山虎、牵牛、紫藤、油麻藤给遮挡着的，没有人觉得需要去摘掉它们。如果室内光线幽暗，开灯就行了。从某种意义上讲，成都人实践着"荫翳礼赞"这样的美学追求。

可惜的是，现在家什中的天然用品是越来越少了。但不管怎么说，盛产竹子的四川，家居竹制品可能比很多地方丰富很多。现在的市场上还有卖竹编筲箕的，用于淘米淘菜。夏天，很多家还会用上竹席。竹席常常带着特有的竹香。查资料，有这样的说法：这种竹席一般是以川西特产的毛竹为原料，把春天的竹皮劈成篾丝，蒸煮、浸泡后手工编成，俗称"青席"；如果采用春天之后变黄的竹子，做出的竹席就是"黄席"了。而青篾条和黄篾条杂编出来的，就叫"花席"了。竹席，是很多成都人关于夏天的一个重要记忆。可以这样说，几乎每个在成都长大的孩子，都是在青席、黄席或者花席上滚大的。当然，那是没有空调也没有什么电扇的年代。

现在，我的家里，两个花园里有大量的植物，有很多藤蔓正处在覆盖窗棂的过程中，还有大量的木头——栅栏、花台、原木家具等，相比之下，竹子是少了。我的"竹子"集中在阳光屋，两面的落地玻璃墙上没有挂一般的百叶窗，用的都是竹帘，或卷上，或放下，卷放之间，似乎有竹子的香。

一朵深渊色

竹

竹，多年生禾本科竹亚科植物，有七十余属一千多种，主要分布在
热带、亚热带和暖温带地区。中国四川、重庆、湖南、浙江等省份
都有大量不同种类的竹子分布，亚太地区和美洲是全球竹子的主要
分布区。

初夏的花树

　　5月初夏，喜欢坐在公交车上朝外面张望。这个时候的公交车，可以不开空调，于是拉开窗户，让清凉的风吹进来。路边的行道树已有看点，盛开的有紫荆、木兰，一红一白。这两种花树的观赏效果都比较普通，相比之下，花稀了一点，叶多了一点，尤其是木兰，就在叶丛里点缀几朵。这个时候看紫荆和木兰，自然会想念一番晚秋时节盛开的芙蓉。芙蓉是成都的市花，花形大，花朵密，盛开时相当炫目。近几十年来，成都市有关部门有意识地遍植芙蓉，芙蓉在成都成为行道树是应该的，也是必须的，否则跟自古以来的"蓉城"之谓就不相符了，也辜负了古往今来成都诗人词人和客居成都的诗人词人那么多关于芙蓉的诗词歌赋。成都行道的芙蓉，多是十分珍贵的"醉芙蓉"，清晨花开为白色，中午转至桃红色，到了傍晚转成深红色，于是一棵花树因开花时间的错位，三色杂陈，分外妖娆。

一朵深渊色

初夏的花树比较寂寥，还是那种开春以来的满树繁花，比如桃花、梨花、樱花什么的，让人有直接的满足感和幸福感。或者就像玉兰那样，先就是纯粹的花事，叶子一点都不掺合，等花残了，叶才出来，像个温存体贴的丈夫把在台前出尽了风头的娇妻给扶下去。但这些特别杰出的花树一般都是成片栽种，或者是庭院植物，估计用于行道树的话太麻烦了，培育成本太高了。

近年来，有观赏石榴夹陈在行道树之列了。数量不多，但一旦看到了，就相当欣喜。

我家里园子里有几棵花树，在初夏时节，蜡梅早就谢幕了，樱花也下场了，就是观赏石榴的专有季节。我之所以一看到观赏石榴就特别欣喜，一来是因为这种花树的确美丽，又雅致又浓烈，二来，这种花树跟我家的缘分很长，从一开始的阳台盆栽到屋顶花园再到地上的园子，它们一直都是家里一景。初夏赏石榴不是盛景，但已经相当有味道了，它们的骨朵已经挂满了枝头，有些花瓣的小皱边已经等不及探出了头，这不算抢跑吧，就像那种比赛情绪高涨，竭尽全力将身体前倾，就等发令枪一响就奔腾出去的短跑选手。

初夏的时候，先生对我说，蜡梅结了好多果啊。我到园子里的蜡梅树下抬头一瞅，果然，枝头上很多纺锤状的果实。我粗心，居然一直没发现。

蜡梅花可以作为食品和饮品，这个大家都知道。作为饮品，据说蜡梅花医治少女痛经有不错的效果；作为食品，我只是听说可以入菜，但从来没有吃过。乱翻书，看到有说将蜡梅与鱼头同烩，看了一愣，想了想，好像还能接受，但看到诸如"蜡梅烩牛肉"这种说法，就完全不能接受了。不是说这种菜吃了有什么问题，而是这两种食料所衍生出去的意境十分犯冲，很突兀，很荒唐。我记得以前有个段子，说是抗战期间的昆明，西南联大附近新开了一家牛肉馆，取名"潇湘馆"，吴宓先生觉得这个馆子如此取名冒犯了林黛玉，气愤不过，居然用手杖把店招牌给捅了下来。在我看来，"蜡梅烩牛肉"跟这个段子的含义是一样的，腥臊的牛肉怎么能跟雅洁的蜡梅花在一块？

既然蜡梅花可以吃，蜡梅果能做什么呢？我摘下几个肥硕的蜡梅果把玩了一会儿，再查资料，吓一跳，赶紧把果子给扔了。有毒。蜡梅果古称土巴豆，有毒，不可误食，误食可引起强烈抽搐。经过研制提炼后的蜡梅果可以用作泻药，所谓土巴豆一说就是这个意思。

我在微博上贴了蜡梅果的照片。对各种树很感兴趣的诗人柏桦留言要求看树的全身，我又拍了"夏天的蜡梅树"贴上去，柏桦感叹道："叶子太茂盛了，而树干又太细了。不过，这就是蜡梅树的身体。隆冬及初春的蜡梅好看。"

是啊，隆冬和初春的蜡梅，那个好看啊，花好看，枝好看，花与枝的搭配更好看，是花树之魁啊，无树可及。

暧昧的芙蓉

我家花园种着一棵挺大的芙蓉花树。当初是5块钱买的小树苗，几年下来，规模就颇为可观了。长得快的树一般来说质地都比较疏松，可见芙蓉花树的木质不会好。

栽一棵芙蓉有点应景的意思。成都的别称是锦官城，因为自古蜀绣就是中国绣品之一绝；成都还有一个别称，叫作蓉城，那就是因为芙蓉花的缘故，这是成都的市花。杜甫那首著名的"晓看红湿处，花重锦官城"，据考证就是描述雨后芙蓉的景象。芙蓉是重瓣大花，吸了雨水后显得沉甸甸的，且红艳更盛。杜甫的这句诗妙就妙在"红湿"和"重"这两个说法上。

一般来说，我是比较喜欢重瓣大花的，看上去茂密喜兴。但有两种重瓣大花我一直不是很感兴趣，一是牡丹，再就是芙蓉。我不知道这中间是不是有阐释过度所造成的轻微的排斥感。牡丹

一朵深渊色

在中国文化中是被说得太多的东西；在成都文化中，芙蓉也是老生常谈了。说实话，这些年，每年夏天我家芙蓉花开的时候，我往往漫不经心地掠过它，去注视旁边的蔷薇。两相对比，蔷薇的单薄精致更令我心仪，而芙蓉，在我看来，气质上太潦草了。

说来也怪，我似乎总是在风凉中才能认真对待芙蓉。这种感觉第一次明显出现是在几年前的夏天。那年夏天成都出奇的凉爽，我每天早上起床，被凉风吹得一愣一愣的，心想，待会儿就热了。待会儿不热，到下午也不热。下午坐在窗边看书，穿堂风里的肩膀和手臂有时还有点受不了，得把吊带衫换成一件短袖T恤。那年夏天，刚好我离开了单位回家专事写作。没有了每天的报纸，我也不看电视，人又住在郊外，整个人彻底处于一种边缘化的状态中。成都在干什么呢？我完全不知道。没有了对这个城市比较宏大的关注，于是，神经末梢就发达起来了，看到了许多人手中的扇子，还看到了路边盛开的市花——芙蓉。

芙蓉是木本植物，可以做行道树的。以前不太清楚它的开花季节，现在发现，它开在盛夏，而且，经久不衰。我经常在南延线上走，开着车，一路的芙蓉从视线边缘飘进来，满树繁花，味道却又相当清淡甚至是平淡。我觉得很奇怪，以前很难看到芙蓉，现在，出门进城，居然一路都是。都是什么时候种的？而且，居然一路风凉。

就在那年夏天，我们家也买了一棵小芙蓉苗。

现在，它已经是树了，经常要打顶压下高度的树。

我家的芙蓉就是醉芙蓉。看到它，有时会想起在越南旅游时看到的夏天的大花，有红色的凤凰花、紫色的平陵花和白色的大花（这种花的名字就叫大花），衬以黄色的法式建筑和绿得要滴下来的绿叶。那种热带浓烈的景致实在令人难忘。从花型来说，芙蓉也是浓烈型的，但它的色彩却退了一大步，是暧昧的粉红和更加暧昧的醉红。要说，暧昧这个味道是很适合成都的。

一朵深渊色

芙蓉

芙蓉，又称木芙蓉，锦葵科木槿属，落叶灌木或小乔木，原产于中国，黄河流域及华东、华南各地均有栽培。花、叶均可入药，有清肺、凉血、散热、解毒等功效。

妒杀石榴花

夏天花少，要说美丽的花树，可能只有石榴可看。

拜倒在石榴裙下，这句话是情色说辞中很美丽很典雅的一种说法。

关于"拜倒在石榴裙下"的典故很多，有关于杨贵妃的，也有关于武则天的，还有关于慈禧的，反正都是从男权意识出发讲述的文武百官为雌威所迫失去颜面的故事。这中间，权力的成分远远大于美丽的成分，让这些故事十分地不好听。

当然，这个说法在众说纷纭的典故源头之后，就很自然很健康地衍生出它的本意了。其实，"拜倒在石榴裙下"就应该是一个纯粹感官的故事：美丽的女人加美丽的衣服，对美的折服以及情欲的滋生。

一朵深渊色

据说，石榴裙的本意是指红裙，流行于唐代。抄唐代几位诗人的诗以兹证明——李白之"移舟木兰棹，行酒石榴裙"； 白居易诗之"眉欺杨柳叶，裙妒石榴花"； 杜审言（杜甫的祖父）诗："桃花马上石榴裙。"万楚在《五日观妓》中写道："眉黛夺将萱草色， 红裙妒杀石榴花。"万楚和白居易的这两句诗中，关于石榴的意境完全一样，不同的只是比拟眉毛的，一个是柳叶，一个是萱草。谁借鉴谁呢？应该是白居易借鉴万楚。万楚是盛唐时期开元年间的进士，而白居易则是好几十年后的晚唐大历年间生人。只不过，白居易诗名更大，在后世读者的眼中，万楚明显要吃亏不少。

石榴裙的红应该不同于一般的红，因为石榴的红十分特别，它是一种特别的金红，稍远一点看，红上面泛着轻微的金光；仔细端详，金光又消失了，就是呈现出一种端正柔美的红。

我家养石榴已经有十几年了。搬家好几次，植物的品种不停地在变换，但总是有石榴，于是那些盆栽石榴随着我们的迁徙，不断地换盆，长得甚是茁壮。它们每每开花的时候，像个艳丽的小村姑一样赏心悦目：滋润油绿的小叶子中簇着一朵朵金红色的花，浓烈又雅致，着实是花园里的一道好景色。石榴挂果的时候也相当出彩，同样滋润油绿的小叶子中簇着一颗颗褐黄红金杂陈

82

的果子，如同村姑绾了髻，变成了少妇。我们家的石榴都是观赏石榴，又称四季石榴，俗称小石榴，长不大，也吃不得，美得很简单很明了。没有实用价值的东西往往带有一种纯粹的美。入秋的时候，园子里的桂花香得厉害，香得都浮了起来，裹在旁边的石榴果上，沉甸甸的，加重了那种浓郁的感觉。虽然观赏石榴是从入夏开始就有看的了，先是花，然后就是果了，但滋味特别醇厚是进了秋天之后，配以高远的蓝天、退去了热度的太阳、爽洁的空气和桂花的香，石榴上似乎泼了颜色，绿得很深，果实上的金红延续花的金红，更沉了。

其实，现在对于石榴裙的概念已经不限于红裙了。至少在我的概念里，石榴裙应该是夹有红与绿这两个元素的色彩斑斓的裙子，另外还有一个要素，那就是它应该是大摆长裙。能把这个概念的石榴裙穿得好的女子，应该是修长细腰的、五官醒目的，最好还是皮肤黝黑的。这样的女子这样的穿着，站在一棵石榴树下，会是一个什么样的效果?! 我反正不是这样的女子，而且，我们家的石榴也没有长成树。

一朵深渊色

石
榴

石榴，石榴科石榴属，落叶灌木或小乔木。花期5—7月，多为红色，亦有黄色和白色。浆果近球形，果熟期9—10月。原产于亚洲中部，相传汉代传入中原，主要有玛瑙石榴、粉皮石榴、青皮石榴、玉石子等不同品种。成熟的石榴皮色鲜红或粉红，常会裂开，露出晶莹如宝石般的籽粒，酸甜多汁。石榴因其果实色彩鲜艳、籽多饱满，常被视为喜庆水果，象征多子多福、子孙满堂。

地中海的紫花黄月

2012年初夏，跑到土耳其去溜达了一圈。

在土耳其小城安塔尼亚，入住里克瑟斯市区酒店（Rixos Downtown Hotel）。一到酒店的院子，一棵巨大的紫花树就把我给勾引了。

这棵紫花树，枝形高挺且扩展，花簇浓密，形成了一片巨大的花荫。太高，近看得仰望，看不清花朵的形状；远看，则是一片紫雾。而它的紫，介于深紫和淡紫之间，又加了一点蓝，相当迷离。

我拍下了这棵紫花树，还请导游写下了它的土耳其名字：Erguvan。回国后照例在微博上求教，各路植物达人照例又纷纷前来指点。

在研究比较了各种说法之后，有两种说法值得深究。一说是南欧紫荆，一说是蓝花楹。

从名字上来说，Erguvan，被译为犹大树，也就是南欧紫荆。伊斯坦布尔的蓝色清真寺旁边，就有一家Erguvan Hotel，中文就译为犹大树酒店。地点也吻合，原产于南欧的树种，喜欢钙质丰富、干燥的土质，作为地中海边的小城安塔尼亚，就完全符合它的生长环境。

南欧紫荆俗称为犹大树，其典是说犹大最后是在南欧紫荆上吊死的，该树深感屈辱，涨红了脸，于是白色的花朵变成了紫红色。

这个紫红花的说法让我存疑。我在里克瑟斯市区酒店所见到的那棵花树，再怎么个紫法，也无法跟紫红色联系在一起。而且，查南欧紫荆的资料，说它是落叶乔木，高不过10米。但我见到的那棵紫花树，绝对是10米以上的高度。

看来还是蓝花楹的说法更贴切一点。原因有二，一是蓝花楹的资料照片和我拍的现场照片相当吻合；再就是那种紫，是很纯正的紫中间些微有点蓝色的光芒。虽然作为土耳其人的导游给出了Erguvan这个应该说比较权威的说法，但我认为，导游弄错了。蓝花楹虽说原产于巴西，但移栽至同样气候温暖的地中海，也是完全可能的吧。蓝花楹也是落叶乔木，跟南欧紫荆同属紫葳科。树冠高大，多为15米左右，最高可达20米。花为蓝紫色，夏季开放。查到这些资料后，我更加确定我看到的那棵紫花树是蓝花楹。南欧紫荆花开两季，春天和秋天，而蓝花楹则是夏天里清凉的花朵。

安塔尼亚是土耳其南部海岸城市，只有几十万的人口，相比1300万人口的土耳其第一大城市伊斯坦布尔，它相当的宁静小巧精致。这个小城始建于公元前2世纪，在东罗马帝国时期和奥斯曼帝国时期，都是东地中海的重要港口。安塔尼亚古迹甚多，环境优美，气候宜人，后来成为土耳其的一个旅游胜地。据说，俄罗斯人特别喜欢来安塔利亚度假。我们在安塔利亚期间，酒店里就有很多俄国人。这些俄国人大多是中年人，一见同为中年人的我们这群中国人，联想到中苏渊源，还和我们一起唱了《莫斯科郊外的晚上》。

白天，里克瑟斯市区酒店院子里的那棵蓝花楹让我入神，到了晚上，则让我倾倒。在酒店的第一个晚上，海边散步回来，开了房间门，只见满室清辉。光源来自没有拉上窗帘的露台。我走上露台，吓了一大跳——巨大的黄色的月亮就吊在海面上。那种大，那种黄，那种明亮，还有月亮下银光闪烁的地中海海面，让我觉得不真实。我仔细看了又看，一再确定那不是一盏什么高楼建筑或附近山上安置的大灯，那就是月亮。

我在露台的躺椅上躺下，跟着月亮一点点往上看。月亮升得很慢，但渐渐地，它升到了半空中。这中间的时间有多久，我不知道。在异国他乡度假玩耍，往往就有这种脑子里彻底排空的感觉。月亮越升越高，海面渐渐地暗了下来，我站起来，走到露台栏杆边，不经意间往下一看——白天见过的那棵蓝花楹居然就在下面，正对面，它已经变成了蓝、紫、黑交织的颜色，上面还残留着黄色月亮的余晖。我抬头看月亮，它的黄色仿佛已经全部留给了蓝花楹，轻盈地白亮起来。想想，安塔尼亚这个地方，古希腊、古罗马、奥斯曼帝国、月亮、花朵、地中海……如果没有今夕何年的恍惚感，那才奇怪了。

蓝
花
楹

蓝花楹，紫葳科蓝花楹属。落叶乔木。树冠高大，高12—15米。叶
对生，为二回羽状复叶。花为蓝紫色。

鲈鱼莼菜之念

伊斯坦布尔金角湾有一座跨海大桥，叫作加拉塔大桥。这是一个有趣的地方，桥上站满了钓鱼的人。这些钓鱼的人一般都是男人，各个年龄段的都有，他们那长长的鱼竿从桥栏杆处伸展出去，长长的钓线没入深蓝的海水中。因为人多，成规模，许多的钓线在夕阳的余晖里熠熠闪光，颇为壮观。我去的时候正是盛夏，这些钓鱼的人浸在欧亚交汇之处的盛夏晚霞中，有一种金属般的质感。

我和同行的朋友在加拉塔大桥上来回了好几次，恰好都在黄昏时分，除了看伊斯坦布尔著名的落日之外，眼睛就一直停在这些钓鱼的人身上。我们给他们拍照，他们如果意识到背后有镜头，就转过脸来给一个微笑。我回国后整理照片，发现拍了好些这样的笑脸。

在跨海大桥上钓鱼的男人，有的是独自一个人，有的是父亲带着儿子，有的是一家人，还有的是情侣或小夫妻。我看到一对或许是夫妻或许是情侣的年轻人，男孩入神地盯着海面，女孩背靠着男孩在小马扎上坐着，嘟着嘴，一脸不悦。估计是女孩催男孩走啦、看电影啦、逛商场啦什么的，男孩不理会。

钓上来的鱼都不大，银白色，瘦长条，半尺左右。我不知道那是什么鱼。依稀记得帕慕克在《纯真博物馆》里提到过加拉塔大桥，回国后重新翻书，的确如此。他在那本厚厚的小说里写过，在加拉塔大桥上钓鱼的人们，把钓上来的竹荚鱼拿回家去烤了吃。

哦，那是竹荚鱼。

帕慕克在《纯真博物馆》里提过好些次竹荚鱼。在我的印象中，伴随着这种鱼的，是椴树的花香。小说一开头就写凯末尔和芙颂在公寓里做爱的场景，"……阳台的窗户敞开着，窗外吹进一阵带着海水味和椴树花香的暖风……""那是我一生中最幸福的时刻，而我却不知道。"

在整部《纯真博物馆》里，椴树花香和竹荚鱼多次被提及。

我想，如果这部小说拍成电影的话，这两样应该是重要的意象。

鱼和花、草、菜、树搁在一起，有一种清浅活泼的趣味。白睡莲和红鲤鱼，就是一种很常见很经典的搭配。

前段时间读梭罗的《野果》一书，又看到两种有趣的搭配。梭罗说："一般来说，有草莓的地方附近就有鳟鱼，因为适宜鳟鱼的水和空气也是同样适合草莓生长。"他还说："有棠棣的地方就有西鲱鱼，当棠棣花染白了山坡或河岸时，就是捕捉西鲱鱼的好时候。"

在我们中国，苏东坡云："蒌蒿满地芦芽短，正是河豚欲上时。"唐代诗人张志和有这样的名句，"西塞山前白鹭飞，桃花流水鳜鱼肥。"

看来无论古今中外，鱼和植物搭配在一起后，自然就从视觉、嗅觉延伸到味觉上去，进而触动人心深处乡愁的那层膜，捅不得，一捅就怅惘无比。这就是鲈鱼莼菜之念吧。这个典故出自《晋书》卷九十二《文苑传·张翰传》："……翰因见秋风起，乃思吴中菰菜，莼羹，鲈鱼脍，曰：'人生贵得适志，何能羁官数千里，以要名爵乎？'遂命驾而归。"

就在我写这段文字的过程中，我先生蹑进我书房，伸头一看，顿时被引发出了鲈鱼莼菜的怀乡之情。他说，他小时候在天津，夏天，喜欢拿着玻璃罐头瓶跑到小河边，把熟玉米面摁实在瓶口处，放进齐膝的河水里，过一会儿拿出罐头瓶，只见拇指粗细的黄瓜鱼在里面乱窜。我纳闷，这鱼怎么这么傻？那么大的一瓶口，它不会跑？先生说，天津俗话说，人属黄瓜鱼的，尽溜边。这鱼就总是溜边，又傻，罐头瓶口的沿儿挡住了去路，所以就跑不出去。怎么吃啊，这么小的鱼，我问。先生说，捉一堆，拿回家让妈妈下锅炸了，给爸爸当下酒菜。

那为什么叫黄瓜鱼呢？

先生想想说，我也不知道，就这么叫，可能就是黄瓜上市的时候这种小鱼最多了。哎，天津的黄瓜啊！那一口……

香料共和国

差不多是2003年，有一部希腊出品的电影叫作《香料共和国》，美食电影。影片主人公是一位从小生活在伊斯坦布尔的希腊人，小时候就跟着好吃会吃的爷爷尝遍了当地美食，并与一位土耳其小姑娘青梅竹马，情感甚笃。之后，土耳其政局发生变化，主人公和家人一并被驱逐回了希腊，中年以后，这位希腊－土耳其人受不了味蕾的乡愁之苦，毅然返回土耳其，在重新品尝儿时记忆里的美食中去回忆童年往事，回忆早已无影无踪的爱情。

我对这部很早以前看过的电影，印象比较深的就是里面有各种香料。这部片子里还有一句很有名的台词："世界上只有两种人：看地图的人和看镜子的人，看地图的人将要远行，而看镜子的人准备回家。"

到土耳其，一定要去伊斯坦布尔的香料市场逛逛。我去土耳其，当然也去逛了逛这个观光客必定会去的地方。

现在这个市场还被当地人叫作"埃及市场"，它建于1664年，位于金角湾加拉塔大桥起点处，紧邻新清真寺。之所以现在还冠以"埃及"之名，是因为香料的鼻祖是埃及人，这个市场是埃及人创立的，后来温和的埃及人被强悍的奥斯曼人给打跑了。而也就是香料这个东西，让人一下子可以联想到那些古老的年代里十字军东征等多次大规模的征伐行动，其焦点就在于争夺香料上。在古代，香料比黄金还贵。很多个世纪以来，在这个市场里，阿拉伯的香料和中国的瓷器、印度的象牙、欧洲的玻璃制品等形成了一个以物易物的流通世界，吸引了全世界的冒险家和商人前来交易和发财。

进去香料市场时，首先的感官刺激是气味，那是一种浓黏到几乎凝固的气味，已经不是简单的香了，就只是无法分辨的浓郁。其次是色彩，所有的色彩堆砌在一起。各种香料、土耳其糖果、手绘彩釉餐具、灯罩、桌布、围巾……世界上所有的色彩都汇集在一起了，之鲜艳之饱满之缤纷，无法言说。

我在土耳其购物很少，只是买了很简单的几件东西——除了一套锡制小茶具、几个小碗之外，就是一堆送女友们的钥匙链、

一朵深渊色

小镯子什么的，那些之前在做功课时看到的碗、盘、围巾、桌布什么的，虽然它们在我行前的想象中已然沸腾，但到了土耳其，我发现在斑斓之中我却相当淡漠。我在香料市场时没有下手买东西，在伊斯坦布尔最后一天，即将回国时去了著名的大巴扎，也只是寥寥选了几件东西就结束了购物。太鲜艳了，太浓烈了，我觉得被刺激得已然麻木，失去了选择的能力。

香料市场的香料一般都被碾压成粉，加上标签上的字一个不认识，所以我完全蒙了，不知究竟。回国后查了一下资料，说是土耳其香料一般有肉桂、茴香、豆蔻、胡椒、牛至、生姜、茺蒿、薄荷、麝香什么的，好像还有九层塔、欧芹、百里香、迷迭香、月桂叶、墨角兰等典型的地中海香料。其实，就是这些香料当时写上中文，我也同样蒙了。除了生姜、胡椒、茴香这些之外，中国人的餐饮中好像很少用其他的香料。

在土耳其的时候，吃的基本都是土耳其餐，里面添加了些什么香料，我也不得而知，吃起来只觉口味独特，异国风味得很。在黑海边有一顿烤鱼餐特别美味，非常新鲜的烤鱼，撒上点盐花，配茴香酒，口感绝佳。因为这道菜，茴香就成为我这趟香料共和国之旅的领衔香料了。

夏 芬芳悱恻的胸怀

肉
桂

肉桂，樟科樟属，常绿乔木，高12—17米。树皮具有强烈的辛辣芳香，可作香料。

茴
香

茴香，伞形科茴香属，多年生草本植物。原产于地中海地区，我国各地均有栽培。用作调料的茴香分为小茴香、大茴香，大茴香也叫八角或大料。

罗马和地中海松

2012年的夏天，我在外面跑得比较密集一点，先是土耳其，再是西欧（意大利、法国、瑞士、比利时、荷兰），接着又跑去了新加坡。

在意大利旅行时，进入罗马市区，看到路边一种树冠高耸，犹如一团蘑菇云又犹如女人云髻般的树。导游说，这是地中海松，是罗马的特色植物，只要一看到这种形状很特别的松树，那你就知道，你到了罗马了。

这种松树是有点奇特，跟我们看惯的松树在形状上区别颇大，其高挺的模样，倒也跟欧洲人的高挺身形相匹配。看点是树冠。前面我说它像一团蘑菇云，其实不妥，它没有轻软的味道，有的是凝结且遒劲的感觉；说它犹如女人云髻，那就更不合适了，这种树是刚性的、男性的，没有丝毫的阴柔之气。它就像一个戴了一顶羽毛流苏头冠的高个长腿瘦男人。当这些"男人"连行成片时，我想起了电影《斯巴达克斯》里，罗马军团和奴隶起义军在亚平宁平原上对决之前的场景。成片的地中海松就像罗马军团。

罗马的色彩跟我的想象是一样的，有一种黄中透金的基调。这种色彩基调是由2000多年来的无数古迹、泛黄的大理石雕塑、巨大的廊柱，以及地中海地区清透的空气和犀利的阳光所构成的。这中间，点缀着枝叶黑绿的地中海松。

我们的导游李晓云先生是一位重庆籍帅哥，一路念叨着他的梦中情人奥黛丽·赫本。他给我们嘟囔着他是怎样在少年时代看了《罗马假日》后就栽进去而不能自拔的。他说："我被赫本害死了。"奥黛丽·赫本和罗马风光是他成为一个专带欧洲团的导游的原始动力和持续动力。我们在瑞士琉森时，他催我们去双尖顶的一座教堂，说一定要拍照哦，那是赫本跟她第三任丈夫结婚的地方。偶像早已仙逝，还对偶像如数家珍，念念不忘，真够痴的，让人很受感染。

在离开罗马前往佛罗伦萨的途中，李先生给我们在车上放了《罗马假日》这部电影。其实，对于我们这些刚刚离开古罗马竞技场的游客来说，也许重温《斯巴达克斯》这部电影要更合适一些。因为行程安排的原因，我们在罗马待的时间很短，时间都花在梵蒂冈和竞技场了，《罗马假日》里的几个经典场景，比如西班牙广场、许愿池、真理之口什么的，都没能去成。在车上重看黑白的《罗马假日》，回想着刚刚离开的留在视网膜记忆里的金黄色的罗马，对没能去成的那些个经典景点，我倒也并不觉得遗憾。罗马这座城市，承载了太多的历史遗迹和个人的阅读观看的积累，作为旅游地，那是太丰腴肥美了，与其被噎着，还不如留一些空白，好成为又去罗马再去罗马的驱动力。

　　旅途匆忙，没时间也没心思细究。回国后查资料，得知地中海松又名阿勒颇松，属常绿硬叶树种。地中海气候是夏季炎热干燥少雨，冬季温暖湿润多雨，自然植被多是常绿硬叶阔叶林和常绿灌木林。关于地中海松的分布，我查出来的资料是这样说的："分布于摩洛哥、阿尔及利亚、突尼斯、利比亚、以色列、约旦、叙利亚、黎巴嫩、土耳其、希腊、阿尔巴尼亚、黑山、波斯尼亚和黑塞哥维那，以及克罗地亚、意大利、马耳他、法国、西班牙，在南非开普省和西开普省很普遍。美国加州也有栽种。"

　　这算什么罗马特色植物？这么说来，这就是一种旅游说辞，因为在罗马分布较其他地区更为广泛，成了行道树，所以提炼出来成为一个说法吧。

　　我在网上搜地中海松的时候，资料很少，倒经常跳出来"地中海松饼"。干脆就看看什么叫作地中海松饼！

　　这是一种主料是地中海预拌粉和麻薯预拌粉，加盐、蛋、起士粉和低筋面粉，经模具烤制成的蜂窝状圆饼，配餐用。什么叫地中海预拌粉？一头雾水不明究竟。不过，加了起士粉的点心倒是很合我的口味。很遗憾，没有吃过。

南洋的榴梿

2012年8月，我跑到新加坡去采风调研，第一次吃了新鲜榴梿。

我第一次接触到榴梿的味道，吃的是榴梿干。一入口，嗯，好吃啊。为什么那么多人那么畏惧它？我想，那肯定是气味的缘故，就跟臭豆腐一个道理，闻着臭吃着香。后来听一个害怕榴梿的人说，不是的，不光气味恐怖，味道也恐怖。

在广东、海南这些榴梿盛产地，我发现也有不少人害怕榴梿。听说严重到有人闻到那种气味就恶心、呕吐、头晕，跟催泪瓦斯似的。所以，公共场合不能带榴梿入内，出租车也可以拒载携带榴梿的乘客。

听闻了各种关于榴梿的说法，在成都超市看到水果架上的新鲜榴梿，心想，这个跟足球差不多大的丑陋大果子，打开之后会是什么状况呢？潘多拉的盒子？

在新加坡听了一个说法：不吃榴梿，不算到过南洋。南洋榴梿，特别是马来西亚产的榴梿，品质是最为上乘的，新加坡接待方当然会安排一个吃榴梿的活动。那天下午，我们一行四人跟着导游Gary来到一个街区的榴梿摊上。摊上摆满了各个品种的榴梿，老板和老板娘正忙着开榴梿，取出果肉，放进一个个一次性饭盒内，再在饭盒上覆盖一层透明食品薄膜，好方便顾客携带。榴梿摊的周围弥漫着浓烈的榴梿气息。同行的另外三个年轻人都是广东人，都能享受榴梿，让人担心的是我这个四川人。这是我第一次这么密集且大规模地闻到新鲜榴梿，但我一点没有觉得有什么异样，坦然接受之。

榴梿摊上摆放着各种标签，显示品种以及价格。有"红虾""皇中皇""猫山王"。最贵的是"猫山王"，一公斤价格新币12到15元，按当时我在新加坡的汇率1：5.13，就是人民币62到77元，而一块榴梿差不多有两公斤重，那么吃一块"猫山王"的话，得花人民币一百多块钱呢。真还不便宜。

榴梿摊上所有的榴梿标签上几乎都这样写："黄肉，包苦甜。"没吃之前，就好奇"苦甜"这个矛盾的说法。Gary说，好的榴梿，果肉颜色看上去黄得很正，味道又苦又甜，甜中带浓苦，苦中带甘甜。

Gary很有经验地选了一块"猫山王"。看着老板切开木质硬壳，剥开白色厚膜，一瓣一瓣的黄澄澄的果肉就露出来了。同行的年轻人告诉我，榴梿的果壳和厚膜，在广东人家还用来煲汤，跟排骨一起炖，非常滋补。榴梿果肉看上去丰腻油润，一入口，果然，那味道太奇妙了，很苦很甜很冲击很独特，口感也相当滑润厚实，有奶糕的质感。据说，很多喜食榴梿的人会把果肉密封后放进冰箱，待冷冻完全后才吃，那种口感就跟冰激凌似的。

榴梿的味道因为太过独特，所以我找不出可以比附的其他东西。但郁达夫有比喻，他在《南洋游记》里说："榴梿有如臭乳酪与洋葱混合的臭气，又有类似松节油的香味，真是又臭又香又好吃。"我个人觉得郁达夫的这些比喻都不恰当，而且写出来还挺可怕，让没有吃过榴梿的人更加望而却步。

榴梿被称作"水果之王"，其营养价值可见一斑。其性甘温，尤补虚寒，特别适合产后和大病初愈人群，有点水果人参的意思。所以我们几个人只吃了一个"猫山王"，再吃肯定就上火了。而且，吃了榴梿，八小时内不能喝酒。据说，吃榴梿过量上火后，解药是山竹。山竹被称为"水果之后"，王后降王，倒是很有道理。

榴梿不能多吃，只能适量。这种适量对于舌头来说远远不够，是被撩拨得正来劲却又被强行中止，于是，流连忘返，从此成就了一种渴望。榴梿这个中文名字据说跟"流连忘返"没关系，但的确达到了这个效果。

一朵深渊色

榴
梿

榴梿，常绿乔木，木棉科榴梿属。榴梿生长地遍布东南亚，一般认
为文莱是榴梿的原产地，中国广东、海南也有种植。榴梿的果实有
足球大小，果皮坚实，密生三角形刺，果肉呈深黄色或淡黄色，黏
软多汁，营养丰富，口味独特，有"水果之王"的美誉。

高高的树上结槟榔

在新加坡的竹脚集市，看到有卖槟榔的摊。一堆乍看像话梅干的东西，看上去还比话梅干硬得多，柴火屑似的，就是槟榔。旁边放着扎得整齐的一小把一小把的鲜嫩椭圆形叶子，这是蒌叶，裹食槟榔用的。

这是我第一次看到槟榔什么样。我知道嚼槟榔会吐出鲜红的汁液，跟吐血似的，这个场景想来恐怖。抛开这个后果，之前我想象的槟榔吃法还挺唯美：把像樱桃一般美丽的红果子放进嘴里嚼，配乐应该就是《采槟榔》那首耳熟能详的情歌。

要说《采槟榔》这首民歌，传唱至今，一是因为旋律优美上口，二是因为歌词朴实美妙。"高高的树上结槟榔，谁先爬上谁先尝；谁先爬上，我替谁先装；少年郎采槟榔，小妹妹提篮抬头望；低头又想呀，他又美他又壮，谁人比他强；赶忙来叫声我的郎呀，青山高呀流水长；那太阳已残，那归鸟儿在唱，叫我俩赶快回家乡。"短短几句，女子游丝般兜转娇俏的心思纤毫毕现。

"谁先爬上谁先尝。"就是这句误导我以为嚼槟榔像吃樱桃一样，红红的，嫩嫩的，摘下就放进嘴里嚼……嚼而不咽，吐出红口水……后面这个情形不想也罢。所以，看到新加坡摊上的槟榔，愣住，问，这就是槟榔？吃这个？

原谅蜀地自古无槟榔，我这个蜀人如此无知也情有可原。但我的想象并没有完全出错。看照片，成熟的槟榔果的确是红红的，一簇一簇的，煞是美丽。但这东西并不是马上能进嘴的东西。

槟榔采摘制作分两个时期，一是每年11月、12月采摘青色果实，加工成榔干，二是每年3月至6月，采摘红色熟果，加工成榔玉。

新加坡华人多为福建籍、广东籍、海南籍。嚼槟榔这个习惯本来就是岭南习俗。水土这东西很奇妙，总有其特别的需要，然后形成其特有的饮食习惯，比如山西嗜醋，那是因为碱太重，得用醋中和一下；四川好辣，那是因为空气湿度太大，得靠辣椒除湿。岭南嚼槟榔，第一作用是祛瘟。岭南以及整个东南亚地区多瘴气，容易滋生瘟疫，槟榔就有明显的遏制瘟疫的作用。另外，它还有驱虫、消积、下气、行水的作用。这是它的正面作用。槟榔的负面作用也很明显：第一，毁牙；第二，对中枢神经有致幻且成瘾的效果；第三，已经研究出，槟榔含有致癌物。不过，槟榔的这些个负面因素其实跟香烟差不多，香烟也毁牙、致幻、成瘾和致癌，但就跟不戒烟的理由一样，喜欢嚼槟榔的人也没理由戒槟榔，它比香烟还多了一个好处，不会产生二手烟贻害他人。

我在新加坡的几处博物馆里都看到了全套的槟榔用具，相当讲究。一套槟榔用具有盛盘，盛盘上分别有装槟榔、石灰和蒌叶的盒子，还有刀子、捻子、挑子等物件。把槟榔切块，抹石灰至蒌叶上，裹住槟榔成一个三角形，然后放进嘴里嚼。这些槟榔用具传品有瓷的、锡的，还有银的，有些还套有手绣的绸缎外套。南洋讲究人家，一定会置办几套讲究的槟榔用具，跟讲究的茶具一样，待客的同时也摆了门面。跟这些东西搭配的，一定有痰盂。我在新加坡土生华人私人收藏馆参观时，一进门就看见沿楼梯摆满了主人收藏的各种搪瓷痰盂，一问，果然就是用来吐槟榔渣的。

嚼槟榔这事，我有两个好奇点，一是蒌叶，二是石灰。为什么要加这两样东西？荖叶是胡椒科植物，味辛辣，用处似乎就是专用于搭配槟榔食用。这个好像比较容易理解。但凡有刺激作用的东西都需要辛辣的味道，比如烟和酒。石灰当然用的是熟石灰，加石灰的原因，一般就是说如果不加的话，槟榔嚼起来索然无味，所以有"一口槟榔一口灰"的说法。后来我查到一个说法，好像比较有说服力，说是槟榔本身酸性高，口味不佳，添加石灰中和后就比较可口，槟榔、荖叶和石灰，三者组合嚼食，其味"滑美不涩"。

我在微博上贴了街头槟榔摊的照片，有朋友问我："你吃得来吗？"

我不知道我是否吃得来，我根本就没想试这个东西，因为我很怕吐红色的汁液出来。我还是卡在这个问题上。有吃过槟榔的朋友说："这个东西吃了走路要打趔趄的（成都方言：晕晕乎乎偏偏倒倒）。"这个我听说过，说是初吃槟榔的人，状态可能会有"飞草"的效果，这也是卡住我不敢尝试的另一个原因。我还是很不愿意在新加坡街头打趔趄的。

槟榔

槟榔，棕榈科槟榔属，原产于马来西亚，主要分布在亚洲热带地区。我国海南、云南栽培较多。

白果炖鸡和黑果焖鸡

在新加坡时，吃到一种娘惹菜。这道菜叫作黑果焖鸡。我一听，呵，这道菜跟白果炖鸡分明就是双胞胎嘛。

成都人基本上都吃过白果炖鸡。

白果，也就是银杏果，状如鹅卵，大小如杏核，成熟后洁白如玉，好看。白果有毒，不能生吃，适于熟食。中医讲白果，可润肺、定喘、涩精、止带。在成都，一般来说都是剥去白果外面的硬壳后，取里面淡黄色的果核跟土鸡炖煮在一起，成为"白果炖鸡"这道滋补名菜。

在成都，白果炖鸡是青城山的标志菜肴，许是这里的银杏树特别繁茂之故。青城山几乎所有的馆子，大到考究的酒楼，小到山道边的农家乐，都有白果炖鸡这道菜。

夏　芬芳悱恻的胸怀

青城山历来就是成都人的后花园，尤宜避暑。它距成都很近，65公里，交通方便，无论是坐轻轨还是自驾车，都相当方便。近年来，青城山开发了很多楼盘，大多为小户型，不少成都人都去买了一套，周末和节假日时就跑到青城山度个小假。成都很多老年人的整个夏天都是在青城山过的，或住自己的房子，或租一套民房，在清凉山风和满目葱郁中过一个惬意的夏天。我经常在夏天听到周围的人说，这个周末我另有安排了，我要去青城山看父母。

当年在青城山购房形成热潮的时候，我没有顺势也去买一套。我深知，所谓每个周末度假这种事，对于我这个宅人来说无非只是心血来潮偶尔为之的事情。再说了，如果周末短途游，干吗只去青城山啊？成都周边好玩的地方多了，换着地方跑啊。于是，我看着周围有熟人朋友怎么对付在青城山的房子：先是一周去一次，再是半个月去一次，后面就是1个月、3个月、半年……间隔时间越长，打扫卫生的强度越大，等差不多打扫完毕，也该回城上班了。我曾揶揄过老朋友马老师：这个周末又该去青城山出差哇？马老师后来告诉我，他把青城山的房子卖了。

话扯远了。我也时不时地去青城山，无论什么季节，总吃他们的基本款菜式：一盆白果炖鸡，一份老腊肉，再加两三样菜蔬。

黑果焖鸡是一道招牌娘惹菜。"娘惹"这个词很多人不明究竟。我去新加坡之前也不清楚。这是一个南洋族群，是15世纪以来移民南洋的华人与当地马来人的后代，正式的称谓叫作"土生华人"。黑果焖鸡是娘惹菜中的经典。黑果（Keluak）是一种产自印尼的南洋香料，比白果大，黑黑的，扁圆形，有棱角。跟白果一样，黑果生吃是有毒的。据当地的土生华人介绍，黑果不仅有毒，而且是剧毒，所以去毒的过程相当繁杂，得行家亲手调制，跟吃河豚差不多。看有些资料里说这道菜"将新鲜黑果的果肉捣成糊制作酱料并嵌入鸡块……"，这是不对的。黑果焖鸡所用的得是调制去毒之后的黑果，另外加上诸如黄姜、辣椒、罗望子酱、虾酱和椰浆等各类南洋调料，焖烧而成。这道菜的口感相当独特，酸甜香辣、浓烈馥郁。招待我们的土生华人朋友还提醒我们用一个类似粗牙签一样的金属工具去掏黑果里面的果肉来吃。那果肉黑乎乎的，呈酱状，微酸、微辣，有回甘，味道相当独特。把这种黑果酱汁拌上白米饭来吃，一碗饭一下子就进肚子里去了。

白果

白果，又称银杏果、公孙果。性味甘、苦、涩。有敛肺气、定喘嗽、止带浊、缩小便等功效。

红姜花，白姜花

新加坡是世界闻名的花园城市。在那里，我首先看到的是红姜花。

那是清晨，刚刚进入富丽敦酒店，一个巨大的蓬勃的花卉瓶插迎面而立。一大堆红色的小果子簇拥着红色和绿色的大花朵。瓶插用的是一个透明玻璃方形花器，更是让这个花艺作品的主体效果集中且浓烈。这个瓶插体积巨大、色彩艳丽，放在已有上百年历史的富丽敦酒店大堂中央，将四周古旧的色泽和氛围给调得个匀黏娇俏，也让我这个坐夜间国际航班刚刚抵达新加坡的旅人在疲惫中为之一振。

我走近去看。花前有一个英文的解释标牌，告知这个花艺作品包含了以下花卉，后面是一串的英文植物名称。哦，有红玫瑰。这个一望即知。其他的英文植物名，我是后来根据手机拍下

116

的标牌照片查出来的：有红茄，还有花烛属。常见的花烛属是红掌，这个花艺作品用的是绿掌。

还有一种，Red Ginger，我当时只看懂了名。我知道Ginger是姜花，以前查过的，有印象。找新加坡本地人一问，这才验明正身，红姜花！哦！我是第一次见到红姜花本尊啊！

红姜花真美！红得端正且沉郁，花形偏瘦长，但又有饱满的姿态，像一个前凸后翘颇为可观的苗条女子。后面在新加坡的几天里，我在福康宁山又见到了成片的白姜花。白姜花簇拥着依斯干达沙圣墓。依斯干达沙是盛极一时的马六甲王朝的一位苏丹，到16世纪初，这个王朝终于在葡萄牙人的手中遭到了毁灭。依斯干达沙圣墓是个好地方，因不是旅游点，四下无人，数量相当可观的鸽子安静地聚集在陵墓周围，树木葱茏，空气里回荡着姜花的芬芳。这种芬芳有黏性，萦绕在裙裾上、手指间，离开了好久，香气还一直尾随盘绕。

姜花历来被认为是典型的切花，插瓶效果比地里的观赏效果好得多。这一点，我在分别看到红姜花和白姜花的时候，就有同感。这跟玫瑰是一个道理。每每到玫瑰地里看玫瑰，其撩人之姿就会减弱不少。有些花，就是不能大规模，只能局部呈现。姜花的花序呈穗状，四五朵花开在穗状花序的顶端，叶片很长，叶鞘包在茎的两边，所以，一般来说在插瓶前，会把姜花的大叶片剪成燕尾状，好突出姜花的典雅。这一点，我是后来查资料时看到的，我是说当时在富丽敦酒店看到瓶插里的那些叶子，觉得形状甚是奇怪呢。

姜花不是姜。姜花和食用姜同属姜科，前者的果实叫姜黄，是一味药。二者的枝叶外形酷似，几乎无法区分，但食用姜的养分专注于根部，花朵弱小稀疏，但姜花的养分几乎全部供应给了花朵，因之烂漫妖娆。

很遗憾的是，姜花只宜在热带地区栽种，要不然我真想在自家花园里种上一片，开花时节每天弄一瓶插置于案头。新加坡姜花如此盛行，跟其终年炎热有关。印度、马来西亚等地也是姜花的盛产地。巴西的国花就是姜花。这种花的花语是"将记忆永远留在夏天"，跟它的热带特点真是匹配。

姜
花

姜花，姜科姜花属，淡水草本植物，高1—2米，盆栽可供观赏。原产于印度和马来西亚，大概在清代传入我国。穗状花序顶生，呈椭圆状。花色一般为白色，花香清新宜人。

东非的香味

　　将记忆永远留在夏天。这话放到东非特别合适。那片土地永远都是夏天。

　　去东非之前，做关于植物的功课，重点是三种：丁香，乌木，还有猴面包树。

　　年少时候，读戴望舒的名诗《雨巷》，"撑着油纸伞/独自彷徨在悠长，悠长/又寂寥的雨巷，我希望逢着/一个丁香一样的/结着愁怨的姑娘……"那个时候，没见过丁香什么模样，想象中，一定不是牡丹之类胖硕喜庆的花朵，想来是修长而淡雅的，否则跟愁怨不搭界。长大了点儿，读李商隐的诗，《代赠》中有一句，"芭蕉不展丁香结，同向春风各自愁。"芭蕉不展，丁香结，都有蜷曲的意思，那丁香会是个什么样子呢？但诗中丁香的意境跟《雨巷》是一样的，反正就是一个愁字。那个时候也还是没有见过丁香，心想，这一定是一种寒带花卉，多半产自天生愁怨的高寒地区。那个时候，没互联网，藏书也很有限，查个东西真还挺麻烦，我也不具备为查一种花跑到图书馆的动力。

后来见过丁香的图片，还见过丁香的本尊，又去学习了一下知识。结果跟想象大相径庭。

就花形来说：丁香花是开在花序上的，花序硕大，细长的花筒簇拥在花序上，像打结一样，显得十分繁茂。因那花结，丁香又称丁结或百结花，愁怨的意象因此而来。丁香的气味十分芬芳，是香料的重要原材料。既芬芳又忧伤，所以，丁香之喻只用于年轻美好的女子。

就产地来说：丁香是标准的热带植物，原产于印度尼西亚，现在引种在世界各地的热带地区，目前出产丁香的主要地区是印度尼西亚、坦桑尼亚、印度、巴基斯坦、斯里兰卡等国。

2011年8月，我去坦桑尼亚的时候，比较留意看有没有丁香。丁香是坦桑尼亚的国花。在坦桑尼亚有个小岛叫奔巴岛，面积只有980平方公里，但生长着360万株丁香，是举世闻名的"丁香岛"。奔巴岛和临近的桑给巴尔岛，都是丁香生产基地，桑给巴尔岛有100万株丁香的规模，这两个岛出产的丁香，占了国际市场的80%。

丁香开花十分繁茂，有白、红、紫、黄几色，非常美丽。丁香的叶和花一样，含有香素，所以不仅美，而且香。我看过有描述说，身处坦桑尼亚的丁香林中，"海风吹来，满林飘香"，好一幅勾人图景。

我在坦桑尼亚前后待了有十天左右，却没能看到这番胜景。回来一查资料，可不是看不到嘛，丁香一年可采摘两次，花期分别在2月和12月。我是8月去的，丁香树淹没在旱季非洲黄绿间杂的植物景观之中了。查资料时还有了另外一个收获，那就是我们平时所能看到的那种丁香跟非洲丁香完全是两回事，花型花色差不多，但前者是观赏丁香，属木樨科，后者才是香料，属桃金娘科。

去非洲的人，只要之前做了一点功课的人都知道，猴面包树是非洲的标志性植物，看好多照片，只要有猴面包树，特别是看到它们在旱季里落了叶后那副大腹便便的样子，不用看地点说明就知道是非洲。猴面包树学名叫波巴布树，这种树的树干粗壮胖大，像个大啤酒瓶，所以也叫瓶树，长成之后树干得十几个成年人拉手才能围抱一圈，果实也大如足球，甘甜多汁，是猴子、狒狒、大象等动物最喜欢的食物，所以又叫作猴面包树。我在旱季非洲野生动物园的旷野里，把猴面包树给看了个够。至于说乌木，地面上当然看不到，它是由地震、洪水、泥石流等自然灾害将地面的植物掩埋于河床湖沼里，在缺氧、高压以及细菌等各种条件的共同作用下，经成千上万年后炭化而成。形成乌木的树种一般来说有青冈、麻柳、香樟、红椿、楠木、檀木等。非洲乌木又叫黑檀木，是乌木中的上品。非洲木雕举世闻名，材质独特，造型别致。我在坦桑尼亚买了两个小的乌木木雕，一男一女的马赛人半身雕像。大的我买不起也不能买，太贵不说，还太重，完全拎不动。

一朵深渊色

丁
香

丁香，木樨科丁香属，落叶灌木或小乔木，是著名的庭园花木，花序硕大、开花繁茂、气味芳香，花色以白色和紫色居多。

女贞香

2009年夏天，我在短篇小说《女贞树的气息》里有一段是这样写的："……最后的一点晚光挂在女贞树的后面。等夜色完全降临之后，女贞树特有的苦涩的香会更加浓郁。前两年，在这一片那么多的楼盘中，邱沐雨对父母说，就买这家嘛。在她列举了楼层、户型、朝向、物管和周边环境等诸多好处之后，父母听从了她。其实，她只有一个原因，那就是这个小区遍植女贞。现在，齐着她位于二楼的房间外，就是一棵女贞树，那种苦涩的香味总是往她的房间里蔓延。……"

邱沐雨是小说主人公，一个性格清淡但有点拧巴，总是口不对心的女孩儿，所以我设计她喜欢又浓又闷的女贞香。我周围有朋友就特别喜欢这种花香。

我自己一直不太喜欢女贞香。香花里面，玫瑰、茉莉、米

一朵深渊色

兰、蜡梅、水仙等淡香当然是喜欢的，浓香型的比如百合、黄桷兰、栀子等，我也很喜欢。至于说更淡的兰草，那香气太缥缈太隐约了，我基本上捕捉不到，也就无从感受了。

女贞香在我来说，除了浓之外，还多了一个闷，太有重量了，花开时节径直压过来，让人没处藏没处躲。但在成都，女贞是最为常见的行道树和庭院植物，到了初夏，米粒一般的小花簇拥而成的一蓬一蓬的白花，就像雪一样地绽放在枝头，而那种特有的浓香，也成了初夏的一个标志。如果说淡淡的花香是渗透，浓浓的花香是弥漫的话，那么女贞香我只能用"熏"这个词，浓厚又尖锐，很有攻击性。

有一个初夏的早上，遛狗途中，经过一丛开满了花的灌木，浓香扑鼻。想，又是女贞。再一想，不对啊，女贞是乔木啊。越想越不对，突然间对自以为挺熟悉的这种植物感到迷糊了。我用手机拍下这丛花，放到微博上，请教植物达人们。

微博上喜欢植物的人很多，也不乏高手，更多的是像我这样的菜鸟。有人说，丁香，肯定是丁香。丁香派的人有的说是毛叶丁香，有的说是暴马丁香。当然不是丁香，但这话并非完全不靠谱，因为丁香和女贞的花和叶都很像，看照片容易混淆。

还有人上来说，有人赌咒发誓地告诉她这是米兰。这个就错得太离谱了。

经各方意见综合后，我确定这的确是女贞。女贞有灌木和乔木两种，都开这样的白花，都这样浓香。我平时少见灌木女贞，常见乔木女贞，所以一时迷糊了。

在成都，女贞这个学名很少被人说起，它被称为"爆蚝蚤"。这个词是怎么来的呢？有一说是爆蚝蚤原是贵州地区土家族、布依族的过年习俗，将女贞的枝叶捆夹在稻草中点燃，就会有如同鞭炮一样的噼里啪啦的炸响。这个习俗主要是用于祛除蚝蚤，同时，鞭炮般的炸响也有喜庆之意。看有人回忆说，小时候过年家里没钱买鞭炮，就点燃女贞的枝叶，也一样热闹欢乐。小时候看男生玩自制弹枪，用的子弹就是爆蚝蚤的果实，也就是女贞子，很硬，打到人身上还挺疼。我想找男生借来玩玩，从没借到过，他们很宝贝这东西，特别小气，从不肯借的。

在旧时四川，女贞还被叫作虫树。关于虫树的说法很是古怪稀奇。女贞到了3、4月的时候，枝干上会生出一种蜡虫，蜡虫长成之前在一种叫作"没石子"的软囊之内。在蜡虫破囊而出之前，人们取下没石子，装包（一包大约200克左右，这一包旧时需耗银半两至一两）。买了蜡虫后的农人，用桐叶把没石子包好悬挂在蜡树上，一棵树大概悬挂二三十包。之后蜡虫成熟，破没石子而出，爬到蜡树的枝叶上，分泌出厚厚的蜡液。待蜡虫死后，人们取下裹满了蜡液的蜡树枝叶，熬炼后制成白蜡，供照明之用。据说，古时四川白蜡是全中国最好的，还出口欧洲呢。

我微博上贴的那丛灌木女贞的帖子一直陆续有人上来留言。后来我看到一个说法："正确答案：小蜡。女贞树是乔木，7月开花，小蜡是灌木，现在盛花期。两者同科同属，花香也是一样的闷骚。"我去查了查，小蜡跟女贞同属女贞属，但不是女贞。这种说法是否真是正确答案呢？这让我又开始纠结了。

夏 芬芳悱恻的胸怀

女
贞

女贞，木樨科女贞属，常绿灌木或乔木。枝叶茂密，树形整齐，可作行道树或绿篱，也可作庭院孤植或丛植。成熟果实晒干为中药女贞子，性凉、味甘苦，可明目、乌发、补肾。 女贞一名传说是古代一名女子的名字，因其"负霜葱翠，振柯凌风，而贞女慕其名，或树之于云堂，或植之于阶庭"，故得此名。

决明花开

一直不知道街边和一些庭院里从初夏开到晚秋的那种黄花叫什么，灌木类的，枝条柔软，叶片温存。后来好久才知道，这叫决明花。

那天我们驱车在华龙路上，一是惊喜这条路的舒服（八车道的路建在浅丘上，行车有起伏，视野有变化，远处的龙泉山迎面呈现青灰的轮廓），再就是被路两边蔚为大观的决明花吸引。这些年来，我经常看到这种花，开始以为是迎春花，只是不似迎春花嫩黄，它黄得要沉着很多，或者说，它黄得老辣。突然觉得应该问一问，完全是因为它在华龙路上成了规模，那种因规模带来的气势，祛除了它独自或者一小撮面世时的寒酸气，一下子显得隆重起来，逼得我不得不正视它的存在。我真是个势利眼。

开口一问，车上的三个园艺爱好者，先生、朋友岱峻和其夫人冯志，都很耐心地告诉我，这是决明，在成都成为行道绿化的品种已经好几年了。他们还告诉我，决明的果实叫决明子，是一种中药，味甘、苦、咸，性微寒，经常入治疗眼疾的方子（我后来查资料发现，行道的决明花为伞房决明，但产出决明子的是黄花决明，不是一回事）。回家后，心血来潮问先生，决明入诗吗？他说，好像"三苏"里有哪位咏过的。然后，先生去查，找到一首苏辙的，"秋蔬旧采决明花，三嗅馨香每叹嗟。西寺衲僧并食叶，因君说与故人家。"

苏辙的这首诗很一般，我有点失望。

先生和老朋友对我的很多盲点都不吃惊，回答我的提问也很耐心。毕竟，他们对于我在日常生活中很多匪夷所思的毛病已经见惯不惊了。我曾经指着路边的一丛水晶蔷薇对先生嚷嚷："我们花园里也种这个花嘛。"先生说："姑奶奶，我们家种这种花都好几年了，只是今年生虫才丢的。"还有一次着实把先生气得够呛。那次他进我书房，我没话找话，抱怨他不把我的要求当回事，说我一直想要书房外的阳台上有牵牛花，今天见外边的牵牛花都开了，也没见他为我种上。先生愣住了，回过神来后拉我到阳台，指着两朵牵牛花问我："这是什么？你告诉我，我不认识。"我震惊无比，语无伦次："咦，它们……它们什么时候开的呀？那个什么，我……我一直以为你种的是葫芦。"

很多这类的事发生后，我似乎明白自己的思维方式是不能坐实的，可能是为了补充，玩虚的我就特别拿手了。我可以描述一个园子在各个季节和各个时辰的氛围，但完全不去理会这个园子到底是哪些植物构成了这样的氛围。进入我思维的，可能是花和叶的色彩、质地、形状和气味，但花和叶的本体并没有进入我，或者说，为了丰盈我对色彩、质地、形状和气味的感觉，我无意识中本能地排除掉了对物体本身的认知。也许，正是有了这种排除，关于跟这个物体本身相关的各种意象、联想，以及一些古怪的连接方式才会纷至沓来。而且，我还发现，我对所谓氛围的记忆，很多时候还是瞬间性的，不能持久。

认识了决明花后，我就把它写进了我的小说，就是那部《锦瑟无端》，里面有一个段落是写女主人公宋词心血来潮买了一个紫色的半人高的大瓷瓶，不知道该往里面插什么，灵机一动，想起了楼下小区花台里的决明花。"……我拿了把剪刀下楼。先到花工李大爷那里去询问一下。李大爷说，剪，随便剪，这花太贱了，枝子拖那么长，帮我剪一下还对了。我齐着一人多高的长度剪了一大捧，抱上楼后发现身上全是花粉。决明花花粉的气味有点腥，还有点像灰尘。……茂密的姜黄色的花插进紫色的大瓶里，在房间里形成很大的一个景观，色彩对比又那么浓烈凄艳，把我看呆了。很是有点鬼魅的感觉。这么大体积的东西能产生鬼魅的感觉，让我吃惊。看久了，我还有点怕了。……"

　　要说的话，我自己是不会买半人高的紫色瓷瓶的，也不会往里面插满枝条拖曳的决明花，我喜欢的室内瓶插都是小规模的，但我会在小说里写这么一段。这种叶公好龙的事情我很拿手。

决
明
花

决明，品种较多，常见的为伞房决明、黄花决明等。伞房决明，半
常绿灌木。黄花决明，别称黄花刺槐。决明子为一味中药，味苦、
甘、咸，性微寒，有润肠通便、降脂明目的功能。

红白茶

看流沙河先生的文章《蜀人吃茶十五谈》，里面提到早年四川人家的红白茶："那时，家家户户厨房一角都置有棕包壶，每晨解开壶盖，抓一把廉价的红白茶投壶中，冲沸水满，盖严，供全家吃一天。"

所谓棕包壶，就是把大锡壶放到棕包里，好保温。现在这种棕包壶可能已经没有了，但在四川乡村，冬天时喝用棉包裹住的大瓷壶倒出的红白茶，还是有的。至于说天气未冷或者转暖时，那就把锡壶或瓷壶从棕包或棉包取出来就是了，从中倒出来的——还是红白茶。

川人是怎么都离不开红白茶的。现在，只要走进四川任意一个小馆子，四川人叫"苍蝇馆子"，一落座，还没点菜，跑堂小妹就把红白茶端上来了。

一朵深渊色

外省朋友每每端起这杯红白茶，一喝，总问：这是什么茶啊？你们成都的餐前茶味道好独特啊。

说来这红白茶其实不是茶，是毛豹皮樟的叶子。毛豹皮樟不属茶科，属樟科，是一种高大的常绿乔木，树皮是灰色的，呈鳞片状剥落，剥落后树干就像豹皮。旧时普通人是喝不起茶叶的，取而代之以这种樟叶制茶。红白茶原产于四川什邡地区的红白镇，得名于此，迄今已经有1000多年的历史了。红白茶的制作跟一般茶叶差不多，一般来说，初夏5月里采摘嫩叶，经过炒制后成品，冲泡后，汤汁颜色红亮，味道微涩、回甜，相当好看且爽口。因为不像茶叶那样含有咖啡因，没有兴奋神经的作用，所以，晚上怕喝茶失眠的人，晚饭时也能喝红白茶。

外地朋友知道这个红白镇可能是在2008年的汶川特大地震时。红白镇是重灾区，全镇房屋被毁，人员伤亡惨重。对于四川人来说，红白镇是个美食名镇，除了红白茶，还有但氏豆腐干，它们很多年来在川人的餐饮生活中占据着十分重要的位置。据说，这几年，随着灾后重建，红白镇的生活和生产正在逐步走向正轨，至少我们能看到的是红白茶和但氏豆腐干在市面上的地位依然强劲。

夏　芬芳排恻的胸怀

近几十年来，红白茶开始拥有了茶的地位，算到了"白茶"的行列之中。有研究说，红白茶所含的脂肪分解醇素高于其他茶类，所以有更强的分解油腻的作用。川菜历来油重，这可能是蜀地小饭馆专用红白茶佐餐的原因吧。

前两天，"成都美食榜"的微博发了一个帖子，主题是"错过这10家馆子就白来成都"，里面点了10家成都著名的"苍蝇馆子"的名字，有卖水饺的、卖肥肠的、卖串串香的、卖蹄花的、卖豆花的、卖兔头的……我也转了这条微博，说"成都吃货也记一下"。这10家小馆子，我吃过一半，味道的确十分霸道。说来成都吃货都这样，对装修豪华、菜品讲究的大馆子疏而远之，只钟情街角巷尾的苍蝇馆子，一有发现就满世界吆喝，且积极带领亲朋好友前去一饱口福，听到一桌人啧啧赞美，就特别有成就感。我前段时间就发现了一家烧烤，于是赶紧约好友们来吃，听到"这是我吃过的最别致最好吃的烧烤"，我得意惨了。

在成都，大馆子上餐前茶时一般都要问问：菊花？花毛峰？竹叶青？铁观音？他们是不上红白茶的。只有钻进吃货们热爱的苍蝇馆子，一堆人轰隆隆地拉开板凳椅子纷纷落座，旁边机灵的小妹赶紧点人头，然后白瓷茶杯一一摆上，一壶红白茶也紧跟着拎了过来，又手脚灵便地一一掺上。吃货们把一杯红白茶咕嘟咕

137

嘟喝将下去，这才开始拿起菜单嘀嘀咕咕地商量起来：蹄花一人一碗嘛，那宽面要几碗呢？……

红
白
茶

红白茶，樟科木姜子属，常绿小乔木。嫩叶可作饮料，也称"白茶""老鹰茶""毛豹皮樟"。原产地为四川省什邡市蓥华山区，当地有些茶树已有500年树龄，而当地人食用红白茶已有1000多年的历史。该茶具有生津止渴、解暑去热、开胃健脾等功效，并且具有独特宜人的芳香，口感良好。

菖蒲和艾蒿

夏天，跟各种叶子打交道的机会仿佛比其他季节多一些。

我儿子刚满月不久就过端午节。保姆周阿姨是早来晚走不住家的，端午节当天早上她来的时候，带了一大捆草过来，对我说，这是菖蒲和艾蒿，熬了水给孩子洗澡，让孩子百毒不侵，不生疮不招虫。周阿姨看我惊讶，也很惊讶，说："这是风俗啊，小孩子每年这个时候都要洗一次草药水的，你不知道？"

我哪里知道?! 我们这一代从小生活在城市里，父母那一代都是单位职工，都是经过"破四旧"运动洗过脑的，根本不懂这些；我们从小住的是单位宿舍，周围也没有人家依照这个风俗。不过即使如此，端午节门口悬挂由菖蒲和艾蒿扎成的草束，用以驱疫辟邪，这个习惯还是知道的，虽然我家从来没有挂过。

周阿姨把菖蒲和艾蒿放进大锅里熬煮后，将草药水放进澡盆里晾至合适的水温。我把孩子抱过来，交给周阿姨。看到雪白的小娃娃放到褐色的草药水里，心里有点担心，不知这个药水对他的皮肤有什么影响。还好，儿子的表情跟平时洗澡一样没有区别，有点兴奋，又有点紧张，攥着两个小拳头，似笑非笑的样子。周阿姨到厨房里拿来两个鸡蛋，一边告诉我说是刚煮好的，一边剥蛋壳取蛋黄，然后她褪下她自己手上的银镯子，用蛋白包好，在孩子的身上滚动着。我忍住了没说话。周阿姨果断干练，有民间智慧，让人信任。月子里她经常指点我，我很服她。过了一会儿，周阿姨把蛋白去掉，开头还亮晶晶的银镯子已经变成黑色的了。她告诉我，银子上的黑色就是拔出来的胎毒。这个是否就是什么胎毒，我真还不太相信，但好在这种方法没有什么副作用。我问，你的镯子怎么办啊？周阿姨说，这好办，等会儿用牙膏擦一擦就亮了，我这个镯子，这几十年不知拔过多少娃娃的胎毒呢。

自从洗过药水澡之后，紧接着那个盛夏，儿子真还没有怎么被蚊虫叮咬，皮肤始终光洁（当然我们的防蚊工作也做得很仔细）。周阿姨是月嫂，不是普通的保姆，在我家待了不到两个月就离开了。之后，每年的端午节，我们都按周阿姨的方法从菜市场买回菖蒲、艾蒿，熬一大锅药水给儿子洗澡。这个习惯一直到他12岁。还别说，我儿子的皮肤一直很好，基本不生疮不长疙瘩什么的。

　　菖蒲是一种多年水生草本植物，气味芳香，遍布于全世界的温带和亚热带地区。它叶丛高挺翠绿，开或紫或黄或白的花，远看叶和花都有点像水仙，是非常好看的湿地植物。至于说艾蒿，又叫艾叶、艾草，也是一种芳香型的多年生草本植物，其药用效果跟菖蒲差不多，消毒、止痒、驱虫、防蚊、祛湿等，但因为没有菖蒲美丽，所以从来就是丫鬟的角色，总是跟在菖蒲的后面。

　　这些天在看亨利·大卫·梭罗逝世130多年后才出版的著作《野果》。梭罗的书里从来不乏对"野果"的描述，但这本书跟他的其他书还是不太一样，它是梭罗在生命的最后10年所做的关于野生植物的调查笔记，经后人精心整理后得以出版面世。

　　我在这本书里看到了"菖蒲"。在这一部分，梭罗一开头就说："才不过是5月14日呢，河畔的菖蒲在枝干上长出叶子的分叉处就长出了一些细细的小东西，这些小东西绿绿的，是菖蒲的果实也是花苞。我常拔出菖蒲，吃它的嫩叶。"

梭罗后面又说："5月25日这天，花苞虽已怒放，但花蕾仍然柔嫩，十分可口，足以让我这样饥肠辘辘的行人解馋果腹。这时的菖蒲刚刚长得露出水面，我就常常移舟靠近菖蒲集中的水域，进行采摘。连孩子们都知道，越靠根部的叶子味道越好。"

我去查了一通我们中国关于菖蒲的资料。它一般来说有三用，一来用于象征，因叶片呈剑形，被称为"蒲剑"，可以斩千邪；二来用于入药；三来用于制酒。至于说，就像梭罗那样，当时令菜蔬吃下去的，我还真没查到。

一朵深渊色

菖
蒲

菖蒲，天南星科菖蒲属，多年水生草本植物，原产于我国及日本。
入药有化痰、开窍、健脾等功效。

艾
蒿

艾蒿，菊科蒿属，多年生草本植物，主要分布于亚洲东部。从用途
上看，艾蒿可分为药用艾蒿与食用艾蒿。药用艾蒿的茎、叶均可入
药，也可以制成艾条供艾灸用；食用艾蒿的叶片更肥嫩，常用来制
作青团等食品。

夏眠

"春来不是读书天，夏日炎炎正好眠；秋有蚊虫冬又冷，要想读书等明年。"这话啊，从小就听大人唠叨得耳朵起茧了。这中间，所谓"夏日炎炎正好眠"这话本来是调侃懒人的，但其实也道出了一个关于养生的常识，那就是，夏天是一个休养的季节，正当睡眠。

如果说，春秋是温性的，冬是阴性的、凉性的，那么夏则是阳性的和热性的。夏天里，气温高，热量大，人气息上扬，容易躁动，这个时候，特别需要静心。如果把休养二字延伸开去，其实夏天的这个"眠"字，既是一个养身的问题，更是一个养心的问题。

跟动物植物一年中状态深浅不同的冬眠相比较，人可怜多了，一年四季不得消停。其实，人在一年之中，也特别需要有个休眠的时期，让自己的欲望降低一些，节奏减慢一些，交际零落一些，情绪宁静一些。如果说得更直接的话，我觉得，人需要在一年中有意识地低沉一点，落寞一点，孤独一点，这样会让自己的心灵空间和行动方式更有弹性，更有爆发力，就像跳远时总要往后退几步然后再起跑腾空一样。在我看来，一年中的休眠时期，夏眠是最合适的。

夏眠其实包含了两层意思：

首先是心眠。活儿还是要干的，但可以把节奏调整得跟其他季节有所不同，迎合着灼热阳光下的那种些微的恍惚，让自己松懈一些，不那么努力，不那么拼命。如果有可能的话，把休假安排在夏天，那就能让自己更放松一些了。

其次，就是身眠。其实，达到心眠状态后，身体会有一个比较好的睡眠状态来加以配合的。而良好的睡眠，又反过来能培育滋养良好的心境。这是一个循环系统。人一天的情绪跟睡得怎么样是息息相关的，一个睡不好的人，就会虚火上升，心浮气躁，进而易怒易急，甚至还容易歇斯底里。我就是那种没睡好的话，人生观和世界观都会有所偏差的人，就是这么严重。

夏　芬芳悱恻的胸怀

翻一本叫作《女人草药》的书，看里面有不少具有安神安眠功能的草药，给人感觉是又实用又唯美，很有调调儿。比如，西番莲，据说就是最好的镇静草药之一，可用于治疗长期失眠。另外，银莲花、当归、燕麦草、玻璃苣、肉桂、金丝桃、益母草、越橘等，都有镇定助眠的作用。当然，最熟悉还是薰衣草，它的香味的确让人立马有舒缓的感觉，我自己在夏天买洗浴用品的时候，一般都首选薰衣草香型，它那种安静低调不张扬的香以及那种很富温柔情感的紫色，跟夏夜特别匹配。

在我看来，睡得好跟入眠时段和睡眠长短没有什么关系。其实，我的睡眠是通常所称的那种"健康"方式——晚11点左右睡，早6点半左右醒。但是，我一向认为，所谓的"健康"睡眠也是因人而异的，我不过恰好对应了一种通行的说法。我有一些朋友是夜猫子，总得夜里两三点后才上床；还有一些朋友的睡眠时间比较短，只睡五六个小时。晚睡或少睡，关键在于是否他长期的生活方式。一旦形成了自己的习惯，那就是合适的。一旦合适，那么，他就是放松的，舒服的，因而也就是健康的。

我是一个茶痴，一天至少三杯茶，还是浓茶。经常晚上还会泡上一杯浓茶端到床头桌上，一边喝茶，一边看书，然后犯困入睡。这一点，在很多讲究助眠的说法里是犯忌的。但我的神经系统的确不受茶的影响，因而我也就不拘泥于这些说法。自在，安眠，一觉醒来，神清气爽。这就是健康。至于说我的另一个安眠要素——睡前的房间一定是整洁有序的，就更没有什么说法了，那完全是个例。

西
番
莲

西番莲，西番莲科西番莲属，多年生常绿攀缘木质藤本植物，是一种芳香水果，有"果汁之王"的美誉。据测定，西番莲果实含有超过135种以上的芳香物质，最适于加工成果汁。原产于巴西，后来在南美、南非、东南亚各国、澳洲和南太平洋各地区都有种植。西番莲在欧洲是颇具盛名的草药，用于治疗失眠和舒缓焦虑。

薰
衣
草

薰衣草，唇形科薰衣草属，为半灌木矮灌木。原产于地中海地区，后在英国及南斯拉夫被广泛栽种。薰衣草叶形优美，蓝紫色花序秀丽典雅。

芒果与狗

　　五年前夏天的某一天，有两个东西突然联系在一起了。一是芒果，一是狗。真有点莫名其妙。

　　那时，我的狗是一条还未成年的金毛犬，叫小三儿。它年龄上是小狗，但个头已经差不多长成了，俨然一条庞然大狗。我带它出去遛的时候，它经常颠颠地跑到那些体形娇小的贵宾、吉娃娃或博美面前，娇憨地俯视着别人，而那些迷你犬大多是好几岁的成年狗了，有的甚至是老狗，特别不待见它，仰头看着面前的这个傻大个儿，龇牙咆哮，把小三儿吓得转身就逃。

　　为什么那一天突然把狗和芒果联系在一起了？那是因为小三儿苦夏，不怎么吃东西，我摸它脑袋，安慰它，它金黄色油亮顺滑的毛突然使得我非常想念芒果。

原来我是不爱吃芒果的，水分太少，质地又黏糊，不爽口，吃一点就觉得有点腻了。这有点像香蕉，但香蕉又比它方便。吃芒果得削皮，特别熟的时候可以剥皮，但总还是要把手弄得黏黏糊糊的。

后来，突然就对芒果特别偏爱了。

那是2001年吧，在越南。坐很久的车之后，中间下车来休息方便，路边的小店在卖冰芒果。看他们现场操作是把一块块芒果肉混着冰块一起放进碾磨机打碎，接满一杯，插上很粗的吸管，递给顾客。冰块的水分和质地，和细腻的芒果果肉搅和得特别充分，融为一体。这种东西有点像质地比较稀松的冰淇淋，但绝没有冰淇淋多多少少都有的人工香精味，特别的天然纯正，让人觉得无比快意。有人提醒说，这种路边小店，卫生方面可能有问题。我倒是管不了那么多的。我这人，住的方面有洁癖，吃的方面却不太避讳脏东西，只要不脏得让人拉肚子就行了。特别看到越南女孩那种蜜糖似的滋润厚实的笑脸，更觉得喜悦，我也就沿路一杯一杯地喝这种冰芒果。

如果牵强一点地说，在拉美裔美国女作家桑德拉·希斯内罗丝的《芒果街上的小屋》中，倒是把"芒果"和"狗"这两个意象结合在一起了。书中有两处对狗很有趣的描述，让我印象很深，一处是说一条大狗，"那条狗很大，像一个披着狗皮的人，跑起来和主人一样，又笨又癫，脚爪踢里踏拉，一路拍打过去，像没系带的鞋。"还有一处是说两只小黑狗，"它们不是像平常的狗那么走路，而是一蹦一跳，翻着筋斗前进，像一个撇号和一个逗号。"

就在那一天的黄昏，一条狗把我给乐坏了。我和先生带着小三儿经过一家宠物美容院，见店主和两个女人围着趴在地上的一条狗在说什么。走近一看，不认识那狗，它浑身上下的毛都被剃光了，尖着一个脑壳，完全就是一个光蛋。我们问，这是什么狗啊？人家答，是古牧，古代牧羊犬，因为怕它热，就把它的毛全给剃了，结果，剃完后它看到镜子里的自己，气坏了，就趴在美容院的门口不肯走了。哦，怪不得，古牧是多漂亮多高贵的狗啊，把狗弄成这样，让人认不出来了，那还不气疯了?! 我蹲下劝慰它，我说，算了嘛，回家吧，过一阵子毛就长出来，别生气了。它主人在一旁赶紧说，就是嘛，听阿姨的话，算了嘛，不要恼气了。美容院的店主也在一旁苦劝。那古牧斜我一眼，意思是，废话，要你说，我还不晓得过阵子毛就长出来了？但我现在怎么办吗？怎么见狗吗？我回头看小三儿，小三儿目不转睛地看着古牧，憨厚极了，那意思似乎在说，叔叔，你好造孽哦！

我和先生牵着小三儿笑着走开，不知道他们如何收场。经过水果摊，买荔枝两斤、口口脆小西瓜两个。快到家了才想起，没买芒果，也想不起水果摊上这个时候还有没有芒果。诗人胡续冬曾在巴西当了两年的访问学者，我读过他那本写巴西的有趣的书，他在书里说，他的宿舍楼下是一片芒果林，芒果熟了就往下掉，没人管的。有的时候，他起床后就跑到芒果林里揪两个芒果当早餐。这份情致让我很羡慕。如果是我，还是想讲究点，拣回芒果，削出果肉来，混着冰块打一杯热带风味的冰芒果。

芒
果

芒果，漆树科芒果属，一种原产于印度的常绿乔木。芒果富含维生素A、维生素C以及矿物质、蛋白质、脂肪、糖类等营养成分。芒果为著名热带水果之一，因其果肉细腻，风味独特，深受人们喜爱，有"热带果王"之誉称。

紫茉莉的艳与寂

我在网上订购了一套很大的书，《竹久梦二名作原寸复刻集》。

其实，说这是书不太合适，其实是一套画片，在一个很大的封套里包含了45幅竹久梦二的名作，有其油画、水彩画和木版画等。全是大开本的散页装，每页都是单面印刷，读者可以自己装裱入框。每幅画均按原画实际尺寸印制，高还原度地呈现了梦二画作的原貌。

这其中，就有那幅叫作《宵待草》的画。

最早知晓跟《宵待草》有关的内容，是听过一首叫作《宵待草》的日本民谣。虽然歌词听不懂，但因为名字很好听，曲调很凄怆，所以记住了。还去查过什么叫作宵待草，有人说，宵待草就是紫茉莉，也就是夜来香，还叫作月见草和晚樱草。又有人说，宵待草并不等同于月见草，只是月见草的亚种，不过，就是我们常说常见的夜来香。

　　紫茉莉和夜来香不是一种植物。紫茉莉有很多叫法，我先生是天津人，他说他们北方叫它为晚饭花，我在成都长大，听到的说法叫作地雷花，因为其黑色的果实很像一个小小的地雷。很多年前，我写过一篇我自己很喜欢的散文，《地雷花园》，这篇散文收入了我第一本书《艳与寂》。在《地雷花园》里我回忆道："……对于我来说，印象深刻的是10岁左右的，包括我在内的一群小孩儿总是要穿过那片深阔的花丛才能走到那条灰白的小路上去。夏日的晨光有着一种清浅的倦意，揉着孩子们仍在眷恋着睡眠的眼。桃红的、嫩黄的地雷花，在齐着孩子们肩膀的地方一蓬一蓬地跃出来，细稚，活泼地开着。总有一位妈妈喊着一个孩子的小名，说，红领巾忘戴了。……穿过那片艳丽的花丛的记忆一直是芬芳的，与红砖房那种涩涩的草香气味混合在一起，附着在我的童年，挥散不去。那时候，我和每天同我一起上学的红梅最怕在花园的出口处遇到花工罗胖子。他总是臭烘烘的，一副很凶的样子，喝道，偷花了吧，是不是？然后，很脏的手拧孩子的脸，见一个拧一个……"

一朵深渊色

紫茉莉（地雷花）和夜来香都是夏天的花朵。

后来才知道，《宵待草》这首民谣是竹久梦二作词的，由多忠亮作曲，于大正六年（1917年）面世。这歌词本是梦二的一首诗，诗很短，林少华先生的译文是：

等待　等待
天黑了
人也不来
宵待草的
无奈
今宵
月亮
也不出来

好些年前听的时候，虽然不懂歌词，但也知道是首情歌。失意人的情歌，低沉，伤痛，但又含有依稀的盼望。这首歌面世时，有梦二画的多帧唱片封套，其中一帧是：一个长发的穿橙色洋装的女子，歪着头扭着手站在仿佛是舞台幕布边的通道上，圆睁着一双忧伤的大眼睛，似乎在专心地听。我想象这是一个伤心的姑娘在注视并倾听正在台上深情演唱《宵待草》的情人。情人已经变心，姑娘还没死心，在歌声中，把舞台上表演出来的深情置换真实的他的薄情……另外一帧封套已经成为梦二的代表作之一：一个身穿和服的姑娘，闭着眼歪着头靠在一棵树上。她的手交叉在一起。那副模样，既像是在陶醉地听歌，又像是在绝望地等待。

与竹久梦二从未谋面的中国弟子丰子恺曾说，竹久梦二拥有"芬芳悱恻的胸怀、明慧的眼光与遒劲的脑力"。这个"芬芳悱恻的胸怀"一说甚得我心。竹久梦二不是那种令人惊艳的画家，他的画得慢慢看，随时看，不经意地看，渐渐地就看进去了，人生的种种无奈、种种美丽、种种悲哀都在其中。他的画和诗都是简单而深邃的，是稻米和面粉的营养，有着不易察觉但确实存在的本初的滋味，那种含有所有滋味的滋味，就像他的诗中有一些这样的莫名其意更莫名其妙的句子：

"青青的眉眼"

"寒怆的缎带如黑色的蛇，苗条的柳腰弱不禁风，无意摇摆也无意不摇摆，走得那么忘情。"

"雪，静静地下，白白的冷冷的药末，渗入发烧的舌根。"

……

一朵深渊色

紫茉莉

紫茉莉，紫茉莉科紫茉莉属，一年生草本植物。常见有紫红色、黄色、白色等，也有杂色。午后开放，次日午前凋萎。原产于热带美洲地区。我国南北各地常有栽培，为观赏花卉，有时亦为野生。

夜来香

夜来香，萝藦科夜来香属，藤状灌木。花多为黄绿色，有清香，夜间更甚，故有"夜来香"之名。夜来香凭其强烈的香气，引飞蛾传播花粉。

一朵 深涧色

第三辑

秋　剪破清空

桂花的神性

好吧，我还是说一下桂花吧。早就想说，但总觉得说不好。

仲秋时节，紧挨着我家客厅窗外那棵属于小区的大银桂树就要怒放。每天早上我一起床，就去打开客厅窗户，让桂花香往家里灌，灌上一整天。满室幽香啊，犄角旮旯都被熏透了。晚上关窗上床，床单、被子、枕头上都有隐约的花香。这样睡去，做的都是美梦。

自从搬到这套一楼的房子后，这是第三个秋天让我如此享受了。我特别爱这套房子，这棵大银桂是一个重要因素。

桂花香跟其他持续绵长的花香不一样，它有特别古怪的穿透力。它是一波一波的，浪头一样地往外荡，一下子就扑打到你的鼻子里，让你全身的感官为之一个跃翻又接一个跟头。恍惚之

162

中，你不由自主用鼻子去追吸，但它立刻就不见了，回复平静乃至从未发生。当你终于让自己平复一些时，它的浪头又来拍打你了。完全是被它戏，但被戏得心甘情愿、心醉神迷。我一直不明白，桂花这种长得这么朴实的花，怎么会这么浪，调情手段这么高超？只能借用那句放在这里不太雅但的确很贴切的俗谚：会咬人的狗不叫。

桂花香的凌厉、飘忽，很像一把挥舞得眼花缭乱的剪子。多年前，在喜欢用字刁钻的写作时期，我写过一篇《剪破清空》，谈的是写作和虚无之间的一点感想。现在说到桂花，我还是想用用这个词，剪破清空。我喜欢把桂花飘香的那一小段秋天叫作清秋，就是这个原因。秋天本来就清透，因为桂花，一个夏天累积的湿闷被一一剪破、裁掉，越发显得清透、伶俐、爽洁和考究。想想，一年四季，要说考究，不就是秋天吗?!

闲翻新买的村上春树的随笔集《村上广播》。跟以前看他的那些随笔一样，边看边笑，因为村上随笔总是有点嘟嘟囔囔、东拉西扯、鸡零狗碎。看村上的随笔，才会明白对于写作这件事严谨自律得令人生畏的村上，其实是一个特别会玩且将之呈现得相当巧妙又特别放松的人。只是他不喜欢跟别人一块玩，就喜欢自己玩，基本上没朋友，只有太太阳子的身影在文字背后隐约出没。也可能就是因为村上个性孤绝，他玩得也就相当专注和深入，并在专注和深入中传递出深深的喜悦。

村上作品的中文版，我基本上都读过。喜欢他的小说，也喜欢他的随笔。村上春树于我的意义，不仅是我特别偏爱的一个作家，他对我的写作还有根本意义上的影响。早先我在文字上很是追求紧密的质感，到后来在文字上欣然地放松，并充分领会到放松之后呈现出来的另外一番质感的滋味，是要归功于多年来对村上春树的阅读。

村上春树和桂花有关系吗？说来没什么关系。或者这样说：我在桂花香中读村上。这样强行关联在一起，也没什么不可以。其实，我想说的是：以前，我觉得说不好、说得不别致的事情，我就不说；现在，我放松很多了，想说就说，说不好也没关系。其实，说得别致跟说得好，很多时候并不是一回事。真正明白这个道理之后，我才知道，我找到了写作真正意义上的快乐，同时，我也懂得了一些写作的奥秘。这些奥秘是心灵层面的，也是手艺层面的。写作的本质在于心灵，但它的确也是一门手艺，值得用一生来琢磨。

每年一到9月，整个小区的桂花就开始次第开放。向阳的，开得早点繁点；背阴的，开得晚点稀点。渐渐地，整个小区就被桂花香给笼罩了。

我记得2008年桂花开得有点迟，但终于还是开了，空气里终于有了桂花的味道。并不是刻意应景，我选择法国女作家科莱特的《花事》来读，是因为它正好在一堆没有读的书的最上面。读到一小半的时候，往后翻了一翻，突然想：法国有桂花吗？反正没见科莱特在这本书里写桂花，而且，好像也没有印象有哪个法国人写过。

干脆给多年来一直在法国和中国两边住的女友扫舍发了一条短信，问的就是：法国有桂花吗？扫舍热爱园艺，在巴黎和上海都有花园要侍弄，法国有没有桂花她应该挺有发言权的。我知道她在上海的园子里是有桂花的。扫舍回复说：没有，在法国从来没见过。

哦，法国没有桂花。当然，这事还不能完全下定论，仔细查询研究再说。

有一搭没一搭地看完科莱特的《花事》。兴趣不大。并不是主题不吸引我，相反，关于植物的主题是相当吸引我的。《花事》是科莱特晚年写就的一本主题随笔集，其缘由是印在扉页上的这段话：1947年，瑞士出版商梅尔莫提议定期给科莱特送一束不同的花，作为交换，科莱特要描绘众花中的一种。其结果就是科莱特1948年在洛桑的梅尔莫出版社出版了"花束"丛书中一本题为《花事》的小集子。

之所以说对《花事》兴趣不大，不是主题的问题，而是呈现方式的问题。过于浓密、过于集中的对花的抒情，让我的阅读感受反而是稀松肤浅的。花这种对象太过美好空灵，而人们对于花的情感也是相当浓烈纯粹的，这样的对象和情感结合在一起，那么，聚焦似的呈现就是不明智的，是让人腻烦的，就像过于用力之后的一脚踏空。

当然，身为大作家的科莱特在这本书里好句子挺多的，比如，写栀子花，"我睡着，在大白天，就像睡着一个又白又浓郁的隐秘的香气。"还比如，写铃兰花，"不只是爱俏，不只是迷信，这几乎成了一种信仰，人们在五一的时候庆祝铃兰花开。对它的崇拜是建立在首都民众的狂热之上的，一到了郊区热情就冷却了。再远些，外省恬静地呼吸着不为南方所知晓的带着酸味的小花的芬芳。"……

倾诉爱慕，喃喃自语是完全可以理解的。对花，喃喃自语甚至可以说是最恰当的。但是，呈现对花的爱慕，通篇喃喃自语，就让读者不太好受了。看这本《花事》，从感觉上讲，跟我以前读科莱特那些解剖爱情纤维的小说一样，多少有点不耐烦。这中间在我看来都有一个聚焦过度的问题，其效果往往是模糊的。

同样是面对着花儿爱不释手嘟嘟囔囔，同样是老太太的口味和视角，我更喜欢美国女作家梅·萨藤关于花的文字。萨藤的叙述中，夹杂着大量的生活杂质，夹杂着许多琐细的烦恼和喜悦，夹杂着我们所有人都能感知的日子里那些皱巴巴的东西，这让她所描写的花儿有了一个十分朴实真切的背景。打个比方来说，萨藤是把花放在她的餐桌上来写的，而科莱特似乎用的是呈现钻石的方式，她把花仔细拍了下来，然后放在一块黑色的天鹅绒上，还加了一束追光。相比之下，我当然更喜欢萨藤那些周围围绕着厨房、食物、猫、雨水、青苔的味道以及些许霉味的花儿们。

虽然对整本《花事》有微词，但必须提出科莱特讲的一个据说是真实的故事，这故事太棒了，棒得让人觉得有点头晕。这个故事，我概括为"豹子和兰花"。故事很短，说一个冷静灵活的年轻猎人，他习惯蹲在一条美洲豹经常出入的小路上狩猎。有一天，他又蹲在那条路上等着豹子，等得百无聊赖的时候，他抬起头，突然，看到了一朵别致的兰花，科莱特说，那朵兰花，"它像极了一只鸟、一只螃蟹、一只蝴蝶、一个魔法、一个性器，或者甚至还像一朵花。"猎人惊呆了，他放下猎枪，爬上山坡去摘下了这朵花。当他下来时，正好看到一只美洲豹朝着没有武器的自己走了过来。豹子"被露水打湿了，做梦般地打量了猎人一眼，继续走它的路"。

这个故事在我看来很有美洲气质，而且，还是南美气质，很有博尔赫斯的味道。结局跟过程一样棒！这个故事的结局是：那个猎人改行成了一个植物学家。

2008年的秋天很怪，没有桂花。准确地说，并不是完全没有桂花，是没有我们往年秋天所习惯的被桂花包围的景象。有的时候，似乎有桂花香飘来，但四下里寻找，却见不到桂花的影子，只见桂花树上的叶子兀自深茂浓密。还有那么几次，我在自家花园里闻到了一丝隐约的桂花香，凑近了看，几棵往年繁星密布一般的桂花树上，抱歉似的只零零星星地开了几小簇，每一簇都异常单薄。

成都的桂花是相当普及的，可谓蔚为大观，但凡是个花园，无论大小，如果没有桂花，那就可以说是少了基本元素，如同堂屋里没有一张八仙桌，不成个样子。于是成都人也都习惯了秋天的视觉和嗅觉里贯穿着桂花，它已经成为秋天不可或缺的一部分。

2008年秋天看不到桂花，大家都有点心结。心结的意思是埋在心里，不明说；要说的话，也只是提一个线头出来，点到为止，谁都不会拉住线头往外拽。这跟5月中旬那些开疯了的栀子花是相同意味的光景。

"5·12"汶川特大地震之后，过了几天，有一天下午我出小区去买东西，一回到小区，发现有点异样，似乎周围的景象有所改变。哪里改变了？愣在那里琢磨半天，突然发现，楼下的那一片栀子花全部开了。开得非常疯，隔着一段距离看过去，白色的花朵几乎把绿叶给完全覆盖了。奇怪的是，看到这些盛开的繁茂得非常过分的栀子花后，栀子花的浓香才飘了过来，呼啦一下把人给整个地包裹起来。

如果就我一个人有这样的感觉，那我是不敢相信的。我的神经系统是属于经常过敏的那种类型。但是，不是我一个人看到这样的异象。震后一个星期，跟朋友们聚会，彼此倾诉彼此压惊，有人问，你们看到栀子花了吗？好疯啊，挺吓人的。我当时听了浑身一激灵。接着有人说，是啊，当时看到这些着了魔拼了命似的栀子花时，马上推算了一下，那是过了72小时黄金救援时间的时候。大家都沉默了，也不知道大家是否都跟我是一样的想法：这样的震难，是人类的大劫，对于数万个亡灵，造物主也会用它的方式来表示哀悼。我愿意相信这一点。我不算是一个神秘主义者，也没有泛神论的倾向，但是，面对这样的灾难和大恸，理性的作用于我是很微弱的，而神秘主义和泛神论多少可以算是解除内心高压和抑郁的一个途径吧。叶芝在其《凯尔特的薄暮》一书中说，"夜里，如果你走在灰色小路上，在白色村舍边发出芳香的接骨木中穿行，看着远方若隐若现的山峰吞云吐雾，你就轻易地越过理性那层薄薄的蛛网般的面纱，发觉那些生物，那些妖仙们，正从北面的白石方门中匆匆飞来，或者正从南面的心湖里纷纷涌出。"我很赞同这样的观世方式，我所理解的叶芝这段话的意思是，如果我们能够适度突破理性的"面纱"，在神秘主义的湖水中浸润一下，对于沉重的生命来说，也是一种轻盈的机会。

据说，桂花的花语是"吸入你的气息"，很模糊，很有神秘意味。在我的想法里，跟5月的栀子花一样，这是一种神谕，它用禁止桂花开放的方式告诉我们：健忘的人们啊，请不要忘记！

桂
花

桂花，木樨科木樨属，常绿灌木或乔木，原产于我国西南地区，印度、尼泊尔、柬埔寨也有分布，现广泛栽种于我国淮河流域及以南地区。花香浓郁，常见花色有乳白、黄、橙红等。桂花以其清贞淡然的品格为世人所尊爱。

一朵深渊色

栀
子
花

栀子花，茜草科栀子属，常绿灌木，原产于中国。栀子花枝叶繁茂，叶子四季常绿，花为白色，芳香素雅，为重要的庭院观赏植物。其花、果实、叶、根均可入药，有泻火除烦、清热利尿、凉血解毒之功效。

正邪曼陀罗

到秋天，有一种妖媚的花相当引人注目，它们或是白色的，或是粉色的，或是淡黄色的，或干脆就是金黄色的。它们的名字也很妖艳，叫作曼陀罗。每次我指给别人看，说那是曼陀罗，总会有人吃惊，啊，这就是传说中的曼陀罗啊！

对于曼陀罗，大部分人是只闻其名不知其形。

我家花园里有一棵曼陀罗，很长的时间里它就是树，到了秋天，它就成为花了。

我曾经在一面曼陀罗花墙前照过一张照片：背景全是白色喇叭形的曼陀罗花，绿叶倒已经成了白花的点缀。我在花前笑，笑得诡异。那些喇叭也诡异，几乎全朝着一个方向倾斜。这种茂密的倾斜构成了静默，让人不会联想到任何呜啦呜啦的阵仗——它们是无声的。

那排成一排的曼陀罗在华西医大的校园里。

华西医大现在不叫华西医大了，它归在四川大学里了，是早年一窝蜂地建设超大型复合型大学的结果之一。这个结果一直被很多人嘀咕着，我是嘀咕者之一。华西医大的前身华西协合大学，由英美教会人士于1910年创立，是百年老校。其所在地界华西坝早年是成都最洋盘最风头的地方，建筑风格以及人物风情历来是老成都的骄傲。在医术方面，华西牙科尤其出类拔萃，被称为"亚洲第一，国内首屈"。这样的一个学校一方风土，现在门口看不到"华西"这个标签了。有一段子，说是华西医大刚被"收编"的时候，我的朋友、四川大学中文系教授易丹去华西医大口腔医院看牙，医生见他是川大人士，态度有异，易丹婉转责之，"老兄，这个态度不好哦，一家人的嘛。"医生悲愤地说，"一家人？我们都亡国了，你说这些？"

一提到华西坝我就话多。说回来，说花，说诡异。

说照片上的自己笑得诡异是后来才发现的，因为后来才知道那是曼陀罗。早知其名不知其形。于是看照片上自己的笑容，越看越自以为有深意，想了想，定义为诡异，因为我站在了诡异的曼陀罗前。

曼陀罗，又名洋金花，茄科直立木质草本植物。自古以来，它被欧洲、印度和阿拉伯国家视为"万能神药"，亦正亦邪，一方面是很好的麻醉药，另一方面是有强烈致幻效果的毒品。前者，被视为这种植物的阳性的一面，后者，则为阴性的一面。而它的阴阳转换、正邪变化，其界限非常微妙，难以把握，仿佛天使和魔鬼积聚一体，两个面孔挪移交替，眼花缭乱。关于曼陀罗，古今中外有那么多玄妙艳丽的描述和比拟，在于曼陀罗和欲望的追求、欲望达成之时的飘升，以及之后必然的坠落联系得太紧密、太惟妙惟肖了——于是精神分析学家荣格在发现曼陀罗花与宗教体验的某种重合关系之后，就把"一切存在形式之间的深刻和谐"称为"曼陀罗经验"。

说来曼陀罗种在华西医大里，有点正本清源的意味吧，据说我们中国古代的最著名的外科医生华佗所用的"麻沸散"的主药就是曼陀罗。正因为这些被放大的正面意义，使得曼陀罗与同样艳丽且诡异的罂粟花受到了人们完全不同的对待，后者众口一词、万劫不复地被打上了"罪恶之花"的标签。还别说，这个标签的威慑力是相当巨大的，居家园艺里，想来没有什么人会种植罂粟，虽然罂粟花非常美，甚至比曼陀罗还美。这一方面是法律的禁令，另一方面也是道德上的自我约束吧，当然，前者的力量要大得多。

曼
陀
罗

....

曼陀罗，茄科曼陀罗属，草本或半灌木，花朵大而美丽，其叶、花、籽均可入药。味辛、性温，可用于镇痛麻醉、止咳平喘。

....

罂
粟

....

罂粟，罂粟科罂粟属，一年生草本植物，原产于西亚地区。花朵大且艳丽。

....

花茶

我历来认为，秋天是喝茉莉花茶最好的季节。春夏燥热，宜喝清淡爽口的素茶（绿茶），冬天阴冷，宜喝滋润暖胃的红茶、岩茶、普洱什么的。介于清淡和滋润之间的茉莉花茶，秋天喝起来最为舒逸。

川人和京人在饮食上的差别很大，但有一点是相同的，那就是爱喝茉莉花茶。我好喝茶，尤其偏好茉莉花茶，每次到北京，喝到北京人端出来的茉莉花茶，仿佛就在成都。

所谓花茶，简言之就是用茶叶和香花混合窨制，让茶叶吸收花香而制成。

香花太多了，现在在各个水吧都有各种花茶卖，薰衣草、玫瑰、甘菊、忍冬花、迷迭香之类的最为常见。为了区别，我觉得它们还是叫作花草茶更合适一些。这些端上来的东西，红红绿绿酸酸甜甜的，好看肯定好看，偶然喝一杯味道也不错，但对于我来说，那就是水，不是茶。

而我以为的花茶，那就是茶，间有花香而已。

成都人的传统花茶就是成都本地茶厂出品的茉莉花茶，分等级，从上到下，依次为特级、一级、二级、三级。老成都人视茶馆为客厅，日上三竿自然醒后，趿拉着鞋子，睡眼惺忪地上了街，走两步先在面馆吃碗素椒杂酱，然后再走两步踱进茶馆，喊：幺师，来碗三花！以往的成都，每条街都有几家面馆几家茶馆，这是成都人生活中的标准配置和基本设施。茶馆里的伙计，尊称是"茶博士"，俚称是"幺师"。普通成都人都喝三级花茶，够味，经泡，又便宜，所以每天都是"来碗三花"。碗是盖碗，老成都人喝茶都是盖碗茶，一般是青花瓷的茶船、茶碗、茶盖三件套，挺讲究的。

现在成都人还是泡在茶馆里。茶馆有高中低不同档次的区别了：高的，一般叫作茶艺馆；中的，叫茶楼的比较多；剩下就叫茶馆了。城区里几千家茶馆，不管高中低，现在还卖三花的可能基本上没有了，取而代之的也是成都本地茶厂出品的取了各种清雅名字的花茶，比如"明前郁露""蟹目香珠"什么的。

成都人现在还喜欢点一款价格最贵的茉莉花茶，叫作"飘雪"。这款茉莉花茶最早是在20世纪90年代中期开始出现在成都市面上的，那时叫作"碧潭飘雪"，是新津县的一位叫作徐金华的茶人自行研发出来的。我当时还在《成都晚报》当记者，专门跑到新津县徐先生的家去采访过这事，看过他的手工作坊。当然看不到绝活儿在哪里，那是商业秘密，我印象很深的是他窨制花茶所用的茉莉花都是一朵朵完整取用的，当时看到他作坊里的工人们一朵一朵地拈起茉莉花，拔掉花蕊，取下花瓣。这些茉莉花瓣还需要晒干。这都是很费人工的活计，而这只是工序之一种，加上茶叶本身的选择也比以往的茉莉花茶要好，所以，当时这款花茶就比市面上其他花茶的价格高了不少。后来，徐先生把这项专利卖给了一家大茶厂，"碧潭"没有了，唯余"飘雪"。

老成都人里，还有讲究人喜欢喝珠兰花茶的。珠兰花茶比茉莉花茶那是要稀贵很多的，普通人消费不起。我记不得什么时候在什么地方喝过一次，入口不适，这份精雅是我这种喝惯茉莉花茶的人消受不起的。

读流沙河先生回忆20世纪50年代初的成都布后街的文联大院

的文章。那座共有五进的巨大的庭院原是辛亥革命元老熊克武的家宅，在第三进庭院的左侧，有一棵珠兰。沙河先生写道："暮春花发，淡香不俗，清韵有格。每日午后，定有一位茶商，挟持黑布雨伞数柄来此，撑伞倒置树下，让那芥子似的珠兰因风自落。黄昏又来收伞，日可获花数两。"沙河先生说，那位茶商每年珠兰花季过后，就会送来猪肉几十斤以示谢意。1955年公私合营后，茶商也不能再做自己的生意了，去向不明，从此市面上再也没有珠兰花茶出售。不久，那棵珠兰也"阴悄悄地气死了"。

茉莉

茉莉，木樨科素馨属，直立或攀缘灌木。茉莉叶色翠绿，花朵洁白，香气浓郁。

珠兰

珠兰，金粟兰科金粟兰属，常绿多年生草本植物。叶对生，有光泽，似茶叶，故有茶兰之别名。穗状花序顶生枝端，花型小，黄色如粟米。其花如珠，其香似兰，故名珠兰。

天上的柿子

　　前些年，去杭州西溪。那时电影《非诚勿扰》还没有上映，西溪也没有那么走红，当地朋友对我说，你来的时候不是特别合适。西溪9月的时候，那些有几百年历史的野生柿子树上挂满了红红的果实，煞是好看。而到11月后，芦花就白了，像雪一样，那份景致又是另一番美妙。我是10月下旬到杭州的，错过了红，又没有遇到白，红白之间，我看什么呢？

　　但就是这样，我已经非常满意了。对西溪，我是一见钟情。坐在摇橹小船上，沿着狭窄的水道慢慢晃着走，秋空清透动人，四周游人稀少。伴着吱呀吱呀的橹声，水中时不时有稚小的野鸭出没，要追踪它们的身影，真还挺费眼神的。水之上，是交错蔓延的野生植物景观，从水中蔓延至水岸的，是碧绿的水草、深绿的灌木，视线抬高一点便是随风摇曳的野茅和芦苇，间或在转弯之处，迎面遇上古老巨大的柿子树，上面还有零星的红果挂在枝头，让船工用长长的钩子摘几个下来，虽说已经过了时令，但味道也还甜美。

柿子是特别美丽的水果。挂果的时候尤其美丽。

其实，我从来没有亲眼见过成片的挂了果的柿子林。美丽的印象是照片和影像带给我的，另外加上想象。很多年前，听说北京的一个艺术家熟人，租了京郊的农民房子。这个一点不稀奇，在京郊租农民房的艺术家太多了。听说这个熟人租那房子的动力不是房子本身，而是房子后面那一片柿子林。他去调查选址的时候，正是柿子成熟的时候，秋天的阳光透进来，林子里挂满了一盏盏红红的小灯笼。那一刻，他觉得甜蜜。我听说之后，立马就在脑子里展开了对那个景象的想象。想象中，我也觉得甜蜜。

到了深秋，水果摊上就摆上了柿子。先是本地产的圆柿，形状顾名思义，圆圆的，个头小，皮极薄，果肉质地稀疏，甜倒还是很甜的。我好这一口，经常忍不住嘴，会买上几个尝尝。吃的时候惦记着：外地柿子什么时候上摊呢？

中国是柿子的原产地，目前也是世界上产量最高的国家。柿子除了常见的红柿之外，还有黄柿、青柿、乌柿、白柿、朱柿等颜色区别。形状也各异，圆柿之外，还有长的、方的、葫芦形的，另外还有牛心形状的。我见过吃过的，其实也就是红的圆柿子，其他无缘得见。中国有六大名柿之说：河南的牛心柿，华北的大盘柿，河北、山东的莲花柿，河南、陕西的鸡心黄柿，河南、陕西的尖柿，浙江的方柿。

本地圆柿应该是引种陕西临潼的火晶柿子。那是著名的柿子品种，个小色红，无核，皮很薄且晶莹透亮。据说这种柿子熟的时候，枝头上一片艳红，远看像火焰一样，因此得名。但火晶柿子从陕西引种到四川之后，传说中的果肉密致的特点好像没有了。至少我吃了那么多年的本地圆柿，就从来没感觉果肉质地上有什么优势，相反，它们总是有点水汪汪、稀溜溜的。

我惦记着的外地柿子，我一直不知道是什么品种。问老板他也不知道。这些水果老板是从水果中心批发拿货，很不敬业，不做功课，顾客问起经常一问三不知。我琢磨：成都水果市场上晚秋上市的外地柿子，应该是华北的大盘柿。据说这是世界第一良种柿子，个头大、分量重、果皮呈黄红色、肉质绵实甘甜。一个吃下去，口腔里有浓郁的果甜味，胃里也感觉很有分量，沉甸甸的。都说柿子太寒，伤脾胃，不能多吃。吃大盘柿不用担心吃多了，最多两个，就饱了。

柿
子

柿子，柿科柿属，果实扁圆，不同的品种颜色不等。

静态的瓜

我和先生都喜欢瓜。选一个好看的陶盆或者陶碗，随手摆上几个瓜，就是家居生活的一阕小令了。

前些年，我们总要种点瓜。丝瓜是现摘现吃，南瓜经得住搁，总要观赏一阵子之后才吃掉。

有一年春天，先生在花园里撒了各种各样的瓜种。较之以往，品种是丰富多了。问他究竟撒了些什么种子，先生说不太清楚，好些是别人给的，大多数是观赏南瓜吧。

那一年，一进入夏天，瓜叶蓬勃，绿意盎然。尤其是起风的黄昏，瓜叶呈翻腾的姿态，一浪一浪的，似乎在嬉风，也似乎在蓄风。瓜叶的阔大和质地单薄，和风配在一起是十分贴切的，就像梅花和雪、海棠和雨、蔷薇和清晨、石榴和阴天，没什么道理，就是觉得贴切。

种瓜的一个目的就是看微风和瓜叶缠绵的这一景儿，虽然这之后很快就要烦恼了。待瓜长个大概之后，瓜叶就糟烂起来，很煞风景。于是，就得拉秧子了。这时也就入秋了。

拉了秧子后，叶落瓜出。这也是种瓜的一个乐趣。那年摘瓜较之往年有惊喜，因为种了好些新鲜品种的缘故。观赏南瓜中，有所谓"金童"，果呈扁圆形，鲜橙色，有明显的棱纹，还有所谓的"玉女"，也是扁圆形，颜色雪白。拣两三个"金童""玉女"搁在一起，再加上一两个不知道叫什么的上半截呈黄色、下半截呈黄黑条纹的椭圆形的瓜，或者配一两个小金瓜，或者就配个西葫芦瓜，这样弄上那么几盆，茶几矮柜上随意一搁，怎么看怎么愉快。在家里自制静物小景，插花当然是很不错的，但相比较的话，我觉得瓜果比花更有味道一些，瓜果似乎更沉静更笃定更厚实也更长久一些。而花呢，太美，又跟凋谢联系得太紧密，容易勾引人心的脆弱之处。在这个问题上，如果我说，日子这东西总还是努力往结实的方向过比较好，这有点上纲上线了，但这是我认同的一个道理，有这种联想多少是有点免不了的。

观赏南瓜分明不是拿来吃的，也不完全是舍不得，它们总有腐烂的时候，在此之前肯定可以下决心吃掉它。我只是觉得这么小这么漂亮的瓜，一定不好吃。既满足视觉又满足味觉，没这样的好事吧。人说，鲜艳的蘑菇是有毒的，我觉得美丽的小瓜是难吃的。

那年大规模收的瓜，从吃的角度讲，除了传统的丝瓜外，居然有一些奇怪的东西长出来。

一种是蛇瓜。查资料说，蛇瓜属葫芦科，一年生攀缘性草本植物。所谓蛇瓜，一是细长，我们花园里的那几根有一米多长了；再就是瓜的末端尖细弯曲似蛇。说是这瓜营养丰富，还有清暑解热、利尿降压等功效。嫩瓜可炒食、煮汤。

还有一种是搅瓜。这种瓜是南瓜的一个品种，外形就像一个普通的甜瓜，嫩瓜和老瓜都能食用。奇妙的是，老瓜放到开水里煮，用筷子能将瓜肉搅出金黄色的瓜丝，故称搅瓜。据说那瓜丝鲜嫩清香，松脆爽口，人称"植物海蜇""天然粉丝"。

其实，蛇瓜和搅瓜，我们都没有吃过。为什么不吃呢？不好奇吗？

是啊，为什么呢？我也说不清楚。这个情形跟我对待一些进口热带水果有点类似。我在超市无数次看到它们，时不时会想，它们是什么味道呢？但也就只是那么想一下，从来没有买一个来尝尝。我也很奇怪我自己，这是为什么呢？我只能说，我的好奇心很有限，而且都在常识范围之内。

观
赏
南
瓜

观赏南瓜，葫芦科南瓜属。叶片大，浓绿色。雌雄同株异花。果实
观赏性强，可作为陈列性花艺陪衬或装饰。

对三角梅心不在焉

我写过，有两种植物，紫罗兰和接骨木，我经常在文字中看到它们但始终不知道它们究竟长什么样子。正是因为这种既陌生又熟悉的感觉，所以特别地向往，仿佛对一个久仰者的好奇。

还有两种植物，对它们的模样可谓非常熟悉，但喜欢的那份心情却常见常新。每每见到它们，我都有一种浓郁的爱慕。我的浓郁因它们的浓郁而起。我愿意做一个在感情上能够同等回应的人。这两种花，一是旱金莲，一是三角梅。旱金莲又名金莲花、旱莲花、印度水芹、大红雀等，三角梅又名九重葛、勒杜鹃等。这两种花的原产地都是南美。一想，可不是嘛，它们天生带有桑巴的风情。

一春一秋，有两种花事都特别盛大，那就是分别成为花园焦点的旱金莲和三角梅。这两种花都是爬藤类花卉，稍不留心就蔓延成一大片，花束又很密集，蔚为大观。当然，在家庭园艺方面，我抱持的就是那种稍不留心的态度。稍不留心，猛一定睛，总有惊喜发生。

初春开始，家中花园里的旱金莲猝然开放，那种热情的架势很是让人吃惊呢。我家的旱金莲是从一根小插枝开始的，然后这些年把种子随手扔在花台里。旱金莲属于多年生肉质草本花，极易栽培，完全不用侍弄，它自顾自地就长起来了，还长得特别好。刚入春的时候，其他的嫩叶花苞都还看不出个名堂的时候，旱金莲那酷似荷叶的叶子就开始登场了，在花园四处一簇簇地精巧地翠绿着。然后，一簇簇金红色的花朵喷薄绽放。翠绿和金红，这样的色彩搭配，在我看来很有年画的味道，有一种入世很深的味道和丰裕喜兴的好感。

而秋天一大丛一大丛的三角梅，那架势让人觉得有一种飞扬之感。它既跋扈又朴素，是一种蛮高超的组合。迷上三角梅，是很多年前在海南三亚。蓝天艳阳白沙滩，开疯了的三角梅衬在绿浓得像要滴下来的叶子之上，每一朵花片都挺立着，鲜红色的，呈现出一种梦幻的感觉。我当时与之对视的感觉特别超现实，那种单纯的极致鲜艳且非常干净的色彩，对应到瞳孔里是不真实的，它们在我的凝视里慢慢绕上了一层毛茸茸的光晕，是这层光晕让那种很有杀伤力的纯色柔和了下来。其实就是这个道理，鲜艳的东西总是让人不安的。后来在弗里达的画里，看到她描摹这种像中了邪似的三角梅，周围环绕着翠鸟、孔雀，还有宝蓝色和柠檬黄的景物，一下就觉得适得其所了。反而是画里的鲜艳，让我觉得安心了许多。在墨西哥，被叫作九重葛的三角梅，是常见的庭院花卉。有朋友去了一趟墨西哥城的弗里达故居，我问朋友，弗里达院子里的那些九重葛还在吗？她说在的。不知为什么，听到九重葛还在那里开放就觉得很欣慰。我自己并没有去过墨西哥，只是从弗里达的传记里读到的，就是觉得这种花和弗里达很配。

在成都，因为四川盆地的缘故，云层总是很厚，天总是呈现一种淡灰的色彩。在这种天色映衬下的三角梅似乎就冷静了许多。在成都，三角梅是中不了邪的，它们安心地倚在花墙上，热情依旧，但不再狂热。

有的时候，我会去玩玩所谓的花语占卜之类的游戏。三角梅的花语是合情合理的"热情"，旱金莲的花语则莫名其妙，叫作"爱国心"，但它的花箴言很有意思："爱情无处不在，只是你心不在焉。"这话有点禅味。其实，对于旱金莲和三角梅这种气质浓烈的花，从来也不太可能像对待兰花一般地凝视它的细微之处，那种状态就像是这句箴言吧，看似心不在焉，但转身走开的同时已经爱上了。

三角梅

三角梅，别名九重葛、南美紫茉莉等，紫茉莉科叶子花属，常绿攀缘状灌木，原产于巴西。喜温暖湿润气候和充足光照，不耐寒，在3℃以上才可安全越冬，15℃以上方可开花。

一朵深渊色

第四辑

冬 同一时间的温柔和绝望

南山有台，北山有莱

　　童年的我，和周围的女孩子们经常玩草。我的童年在20世纪70年代，那个年代的孩子，吃饱穿暖就不错了，基本上没有玩具。家里没有玩具的孩子都在外面野玩，把花草树木当作玩具。其中一种玩法就是玩草。

　　玩草之一种是把"节节草"的那些节拆开，在眉毛上又一节一节地组装好，于是，两道绿油油的"草眉"就整出来了。大人看见了就埋怨：怪样子！其实放到现在来看，就是一种颇为前卫的眉饰。当然，现在的我看到这类眉饰，也会埋怨道：怪样子！

　　近来看到"断节莎"这个说法。看这种草的形态描述，跟我的童年记忆似乎一致也似乎有异。或许它们就是"节节草"，或许是"节节草"的亲戚，或许根本不是，这都没什么要紧的。我感兴趣的是，原来这类草都在一种目、科、族、属、种之下，有一个好听的名字：莎草。覆盖这个世界的蔚为壮观的野火烧不尽、春风吹又生的野草基本上都是莎草，大概有5000种，其中我们最常见的叫作碎米莎草，遍布全世界。我家花园里就有这种杂草，永远除不尽。

莎草的莎，不读shā，读suō。《诗经·小雅》中有"南山有台，北山有莱"之句。台，夫须也；莱，草也。夫须，就是莎草。我想，莱其实也是莎草吧。

"断节莎"是在《发现之旅》中读到的。《发现之旅》是近来购得的一本十分精美好看的书，英国人托尼·赖斯著，里面有大量的归属于大英博物馆系统的伦敦自然史博物馆馆藏的17世纪以来的十次著名探险活动所获的博物学图谱。这本书图文并茂、图文互补、图文相济。图是那些瑰宝般的图谱，文就是人类历史中那些辉煌的探险之旅的故事。

"断节莎"是牛奶巧克力的发明者汉斯·斯隆爵士在牙买加的发现。

斯隆这个人属于标准的上帝的宠儿，他一生的故事太耀眼了。此人属于天赋异禀又艺高胆大的那种人，27岁时就成了英国名医和被世人尊崇的科学学会——英国皇家学会的会员。斯隆对科学的各个门类都充满了兴趣，尤其钟情于植物学。就在1687年，被天生的探险基因驱使，27岁的斯隆作为随扈医官，跟随新任的牙买加总督阿尔比马尔公爵前往那个新奇的异域。在牙买加期间，他采集制作了大量的植物和动物的标本，并雇用了当地艺术家穆尔牧师为他绘制这些植物和动物的素描图谱。回到英国后，穆尔牧师未及绘制的图谱由另一位才华横溢的艺术家基修斯接手继续绘制。

斯隆的成就就牙买加这一页，也堪称杰出，但是，他后续的事业则更为辉煌。因为发明了将苦涩的牙买加可可与牛奶融合的配方，牛奶巧克力饮品和制品从此风靡西方世界。斯隆因拥有此项专利配方所获甚丰，重回英国后开设的私人诊所也财源滚滚，加以他后来又与一富商遗孀联姻，斯隆因此拥有了巨额的财富。他把这些财富专用于收集各种植物和动物的标本和图谱，另外还有大量的化石、矿石、金属、宝石、勋章、钱币、图书、手稿、油画等收藏品，成为一个藏品包罗万象的收藏家。1753年，一生拥有太多惊奇、荣耀和财富的斯隆以93岁高龄去世。去世前，他非常有远见地没有把自己庞大的藏品交由后人，而是捐献给了国家。在他去世后6个月，英国国会立法成立了大英博物馆，以斯隆的收藏作为机构的核心内容。之后，大英博物馆陆续发展成一个博物馆群落，包括大英博物馆、大英图书馆和伦敦自然史博物馆，在世界上拥有崇高地位。如今，莎草之"断节莎"的标本和照之描摹的精密图谱就在伦敦自然史博物馆里，如果我哪天有幸去参观这家博物馆的话，想来会特别留意它的，毕竟，我对斯隆爵士这个人的了解和兴趣是从这个小小的"断节莎"开始的。

莎
草

莎草，莎草科莎草属，多年生草本。植株细长，花朵长在叶簇末端，叶片形似禾草。

美丽的果子们

在翻看伦敦自然史博物馆收藏的植物图谱时，看到一幅雀榕的水彩图谱。在这幅图上，线条清润的椭圆形叶子簇拥着一堆深紫色带白色斑点的果子。这幅犹如宝石般玲珑美丽的浆果水彩图谱，是1782年英国艺术家弗雷德·波里多尔·诺德根据另一位英国艺术家悉尼·帕金森的素描所绘，其色彩依据是帕金森的笔记："（雀榕）果实未成熟时呈淡绿色，上有白色小斑点，逐渐成长后呈白绿色，斑点则带红白色，成熟的果实呈深紫色，上有白色斑点。"

说起帕金森的故事，真是让人唏嘘不已。1768年8月，帕金森作为随行图谱画家，与植物学家丹尼尔·卡尔·索兰德以及另外一位主要描摹人物和地形的画家亚历山大·巴肯，跟随着热衷于物种新发现的英国皇家学会会员约瑟夫·班克斯，上了库克船长的"奋进号"，开始了横跨太平洋的冒险之旅。途中，帕金森为班克斯和索兰德在南美沿岸、塔希提岛、新西兰以及澳大利亚东岸收集的大量动植物标本绘制图谱。但帕金森没有能够享受到回到英国本土后作为冒险勇士的荣耀，1771年3月，他在"奋进号"离开荷属巴达维亚（今雅加达）前往开普敦的途中，因疟疾和痢疾不治身亡。

回到英国后，拥有近一千幅帕金森作品的班克斯，花巨资请了十八位镂版工，根据帕金森的原图制作了753个印版，但在其有生之年，他已无力出版这些精美的图谱。班克斯过世之后，其收集的大量的动植物标本以及帕金森所绘的相关图谱，悉数被大英博物馆所属的伦敦自然史博物馆收藏。直到1980年，帕金森的作品才以其拥有人的名号出版，这就是著名的《班克斯花谱》。

帕金森所绘的雀榕实在是太美丽了。我去网上搜看雀榕的实物照片，却大失所望。跟图谱的归纳升华相比，实际上雀榕的姿色相当普通。它是被帕金森给大大地美化了。

其实也应该在意料之中。雀榕是桑科，桑科里没什么特别美丽的果子，代表性果子比如桑椹和无花果，外形都很平淡。

我们常见的观赏果类，分属于不同的科，比如常见的观赏石榴，又叫花石榴，是石榴科的；比如，酢浆草科的杨桃，桃金娘科的莲雾、番石榴、番樱桃，忍冬科的雪果和红雪果，等等，都是美果名优。

在我印象中，出产美果的大户人家应该是柿科、芸香科和茄科。柿子和金弹子是柿科的代表美女，而各种柑橘类的美丽水果以及金橘、黄皮这类著名的观赏果类植物，都属于芸香科。但最大的美果群体则在茄科，辣椒、茄子、番茄、葫芦等，都是它们这户人家出来的。茄科植物一般来说花都不太出彩，但果实特别美丽，很多著名的观果植物以及兼具观赏和食用的植物就出于它们之列，比如辣椒、茄子、番茄、葫芦、彩椒、酸浆、乳茄、观赏南瓜、观赏葫芦之类的。如果说茄科是美果的豪门望族，应该没问题吧。

一朵深渊色

雀
榕

雀榕，桑科榕属，热带植物，落叶大乔木，雌雄同株。一年可以落叶2—4次，每次落叶后2—3周内又会长出满树的新芽。

画下来的博物时光

　　17、18世纪，是欧洲几个老牌帝国迅速向外扩张、在全球范围内高速推进殖民主义的世代，与此同时，也成为近代博物学发展的爆炸世代。在那些年代，欧洲上层社会兴起了一股博物学收藏热和与之配套的博物学出版热，在这股热潮中，拥有异域的博物学标本和相应的出版物成了一种时尚和荣耀。在利益和荣誉的双重驱动之下，有许多勇敢无畏的博物学家和图谱艺术家，他们应邀或自费，跟随着扬帆远航的帝国舰队，颠簸于波涛之上，跋涉于险境之中，深入到太平洋、印度洋、大西洋等各个未知的岛屿和陆地，探寻、采集、归纳、总结了大批的资料。时隔三个多世纪回头看去，他们的身影是那么的伟岸、壮美。他们中间，因时代环境所囿，鲜有女性的身影，但毕竟还是有这么一位，她就是玛丽亚·西比拉·梅里安。

　　德国博物学家和图谱画家梅里安，生于1647年，卒于1717

年，享年70岁。梅里安出身于法兰克福的一个艺术世家，其父为雕刻师和出版商。在她幼年时代，父亲不幸去世，母亲带着她改嫁给一位静物画家，而她自己成年后，也嫁给了一位艺术家。梅里安自小对花卉和昆虫感兴趣，加上其受到的来自多方的艺术熏陶，自然走上了图谱艺术家的道路。

在成为伟大的梅里安之前，普通的女艺术家梅里安已经出版了好几部花卉图谱作品。命运从她的婚姻失败开始发生转机。1685年，梅里安与丈夫分居，带着女儿们迁居至荷兰，之后认识了阿姆斯特丹市长等一批荷兰权贵。对于当时富有的荷兰上层社会来说，最时髦、最风光的事情就是拥有新奇的博物学标本以及相关图谱。1699年，得到了一笔政府津贴的梅里安，在没有男性保护的情况下，与次女一道，踏上了探索苏里南自然风貌的旅程。那一年，梅里安52岁。

苏里南当时是新近开发的荷属殖民地，位于南美洲北部，是热带雨林气候的一个典型地区，绝大多数欧洲人对其一无所知。1954年，苏里南成为荷兰的一个海外自治省，1975年独立，成为南美洲最小的一个国家，同时是西半球唯一一个使用荷兰文的地区。

梅里安在苏里南居游了两年时间，其间经历了太多的艰辛危险。她的这个举动，在当时的西欧社会，并不像其他男性冒险勇士们那样能够获得众人的钦羡，相反，梅里安被视作一个离经叛道、不守妇道的女人，招致了许多的攻击和嘲讽，有人甚至称她为"与魔鬼共舞的人"。梅里安在苏里南的两年时间里，观察、记录并描绘了大量的昆虫以及其植物宿主。回到荷兰之后，她出版了此行的成果《苏里南昆虫变态图谱》，因为这部作品的出版，梅里安从"魔女"成功转身为一个公认的杰出女性。在这本图谱中，她创造性地把昆虫的各个生长形态与其植物宿主同绘在一个画面之中，将科学的严谨和艺术的美感同冶一炉，因而一举成名，并被后世的昆虫学家和自然史绘画艺术家推崇备至。

梅里安70岁高龄时在荷兰阿姆斯特丹去世，但她的祖国特别以她为荣。德国1992年发行的500马克纸币，背面是梅里安所绘的毛毛虫和蒲公英，正面则是梅里安的画像。

梅里安的作品现在依旧在我们的生活中发生作用。我曾经在一家进口装饰画网站上看到了梅里安的好多作品，其中有我特别偏爱的《菠萝（凤梨）上的苏里南昆虫》，这幅版画印品售价在人民币1500元左右。梅里安生前不仅是一位杰出的昆虫学家和图谱画家，她还是一个精明的商人，当时就把她的版画作品分印制作了不止一份的"原作"，出售给各家博物馆，获利颇丰。我想，现在她作品的售出利益，应该还是跟她的后人相关吧。时至今日，世人以及她的后人还在受惠于这位伟大勇敢的女性，真是福气。

菠萝，别名凤梨，凤梨科凤梨属，多年生草本植物。原产于南美洲，16世纪从巴西传入中国。菠萝含有大量的果糖、葡萄糖、维生素B、维生素C、磷、柠檬酸和蛋白酶等物质，营养丰富，性平、味甘，具有解暑止渴、消食止泻之功效。

新加坡的植物记忆

2012年的8月下旬，应新加坡国家旅游局和我国《穿越》杂志之邀，我到新加坡采风调研。其中一个重头内容就是参观新加坡国家博物馆。

在新加坡国家博物馆的"殖民时期"这个单元里，有一个开放式的小房间让我特别感兴趣。这个小房间的墙壁上满满都是彩色图谱。这些图谱笔触细腻、色泽鲜艳，我不清楚它们的学术价值，但对像我这样一个图谱爱好者来说，它们非常美丽动人。

这些图谱的绘制对象有植物、鸟类、哺乳动物、爬行动物、无脊椎动物和鱼类，是19世纪初期，第一任驻新加坡大使威廉·法考尔领导指挥一批南洋华人画工所绘，记录归纳了当时的南洋博物风貌。

威廉·法考尔上校，是新加坡开埠元勋莱佛士爵士麾下的东印度公司的第一位新加坡负责人，也就是第一位新加坡常驻大使。他在任的时间很短，任期为1819年至1823年，有关他的记载很少。相比其后任们在任期间的诸多城市发展管理措施的颁布和实施，威廉·法考尔在政绩方面比较平庸无为，因此在新加坡开埠史上鲜见他的事迹。但是，作为一个博物学者，留下了这么一部图谱，也是居功至伟。

我对于图谱，尤其是植物图谱的爱好，有基于对植物的科学性偏好，因为可以在图谱上细观某一种植物的根、茎、叶、花的各个部分，但更大程度上，我是从艺术的角度迷恋植物图谱的。它们因为科学性的要求，一定具有高度的写实性，也就有了尽量去除主观性的客观性。这种科学性、写实性和客观性要求下的最终呈现，让植物图谱这种特别的艺术相当的冷静、轻盈、严谨、工丽，在我看来也就是相当的完美。这是人类为同存于这个世界的另一个物种——植物所画下的一幅幅肖像，较之人类对于自身以及对于动物的行为，在植物身上，人类有着难得的始终如一的爱恋，虽然这种爱恋并不会完全制止人类对于植物的各种毁灭性的行为。或者这样说吧，人类对于植物的细节有着特别的柔情，比如花朵和美丽的叶子，但对于植物整体来说，这种审美价值就不复存在了。砍伐森林的人或许就是热爱花朵的人；满室瓶插花卉的人，也可能毫不犹豫地提着斧子走出去。

新加坡国家博物馆那个图谱小房间让我十分流连。它们都是南洋风物的华美定格，尤其是植物图谱，各种色泽艳丽、硕大丰沛的热带植物，被如此精细地定格之后，风味更为浓郁独特。把这些图谱拿到新加坡植物园里去对照一番，一定很有意思。在此之前，我还去了新加坡滨海花园的两个巨大的植物温室，一个叫"花穹"，一个叫"云雾林"。这两个温室，从滨海湾高处俯瞰，外形像两个银色的大贝壳，而温室里面人行栈道和植物山的缠绕设计，很有点电影《阿凡达》中"潘多拉星球"的绚丽奇幻。新加坡是世界闻名的花园城市，有了这么一批精致的当地植物图谱，就更为贴切了。

看我不停地用手机拍那些图谱，博物馆接待人员说，这些图谱都收进一本书里啦，大厅里的商店有卖的。

我为之大喜，参观完回到大厅，急急买下*Natural History Drawings—The Complete William Farquhar Collection*（*Malay Peninsula 1803—1818*）。这部厚厚的图谱，70新币，差不多人民币360元，它印刷精美、制作考究，前言、后记、附文都挺丰富，每幅图谱下面的介绍文字也相当详细。360元的价格很值。

旅途中我一般不会买书，但是，这本几公斤重的图谱，我毫不犹豫地买下且心甘情愿地一路背回家去。只是它是全英文的，而我的英文实在可怜，又有那么多术语，读的时候得把在线翻译工具打开，比较辛苦。

魔草曼德拉

读关于植物的书，说这种植物怎么美丽、怎么芬芳或者怎么入药入菜，都是很稀松平常的阅读体验。我比较偏好读到带有神秘主义色彩的植物故事。以前陪儿子看《哈利·波特》的时候，就看到说有一种魔法草药叫作曼德拉草，是一种解药，可以将被变形或中了魔咒的人恢复原状。

关于曼德拉草这种人形根的神秘草药，说法都很诡异。

比如，说这种草的黄绿色花朵在漆黑的夜里闪闪发亮，像一盏明灯，得马上用铁系在花茎上，否则立马就消失了。还比如说，如果是身体污秽和思想龌龊的人一旦接近曼德拉草，它立刻就逃之夭夭。在很多草药传说中，曼德拉草带有邪恶和恐惧的意味，是一种巫草，说它是死去的人在地下做出来的种子长出来的。

曼德拉草的挖掘过程最有意思：找到它之后，立马用铁器在花茎上做上记号，然后用象牙棒一点点地把土给刨松，待人形根露出来之后，用绳子捆牢，绳子的另一头拴在狗的身上。狗得是饿狗，用一块挂在树枝高处的肉引诱它，狗一次次跳起来去够那块肉，也就一点一点地把曼德拉草的根从土里给拉出来了。这个时候，采药人要一把抓住曼德拉草，否则它就跑掉了。

这个说法我是在《植物的故事》这本书里看到的，是9世纪一个罗马的修道士撰写的被后人称为"科顿手抄本"的书里提到的。

《植物的故事》是英国植物学者安娜·帕福德著的一本大部头的书，其实应该是《植物命名学的故事》，主要讲述植物命名学从希腊发端之后几千年来的传播、停滞、复兴、完善的流变过程。该书的英文原标题就是 *The Naming of Names–The Search for Order in the World of Plants*。估计中文版考虑市场，叫《植物的故事》肯定比叫《植物命名学的故事》好卖。的确如此，如果是后面那个书名，我也不会买。这本书初初一翻有点令人头疼，但真看进去了，也挺好看的。这其中，关于植物学种种典籍的故事很多，但关于植物本身有趣的故事很少，但曼德拉草是一个例外。

一朵深渊色

　　还看到一个说法，说挖掘曼德拉草的时候得把耳朵捂严实了，因为曼德拉草出土的那一瞬间会尖厉地惨叫，听到的人会立刻毙命。这个跟前面那个说法结合起来，现场操作难度太大了：一方面得贴近曼德拉草，方便它出土时一把抓住它，另一方面还得听不见它尖叫。用什么东西堵耳朵可以堵成聋子呢？据说用蜡封住耳朵就什么都听不见了。

　　《植物的故事》中有两幅关于曼德拉草的配图，一幅是15世纪君士坦丁堡地区的一部医学手抄本里面的，一幅是16世纪德国著名植物学家富克斯未出版的巨著《植物大百科》里关于曼德拉草的插图。这两幅图，都把曼德拉草的人形根部相当夸张突出地表现了出来，并有男女之分。

　　曼德拉草在西方的习俗里是有名的春药，原因就在于它的根类似人形。这跟我们东方推崇的人参是一个道理。但两者的药效完全不同，人参是滋补灵药，而曼德拉草因含强烈的致幻成分，正面用途是麻醉剂和镇静剂，反面用途就是春药和毒品了。据说，在古代西方，会采集死刑犯临刑前的精液来浇灌曼德拉草，为的是加强其催情作用；还有一个更残酷的说法是，曼德拉草长在绞刑架下，被绞刑犯受刑时滴落的精液滋养而成。

218

❄ 同一时间的温柔和绝望

曼
德
拉
草

曼德拉草，茄科茄参属植物，别名毒参茄、向阳花、毒苹果。花语为"恐怖"。开白色或蓝色的铃铛状小花，结卵圆形的果实。它的根分叉，形似人体。

219

火山灰下的花朵

翻《植物的故事》，看到这一段，说是公元前79年夏，维苏威火山喷发，引发地震。庞贝城在这次火山喷发中被埋。差不多2000年后，科学家研究埋在火山灰中的花粉粒时发现，火山爆发的时候，庞贝城内正繁花似锦，"苦艾、番樱桃、紫菀、石竹、锦葵、风铃草、剪秋罗、耳草和车前草等植物正在竞相绽放。"

跟其他时候看书时看到植物名一样，我会把这些字眼去跟自己直接目睹或间接目睹（看照片）的它们的样子对应一下。有我不知道的，也就立马会去查资料。所有的植物名似乎都有这种特别的美感，它们都静谧、欢愉，带有冥想的气息。

那些被埋在维苏威火山灰下的花朵中，果子最漂亮的应该是番樱桃，这是一种庭院观赏植物，白花，花蕊纤弱且高挺。果子是亮点，一个个小红果，形状不像樱桃，有凸棱，是微型南瓜的模样，特别娇美，是观果植物中的翘楚。花儿最漂亮的，我觉得应该是锦葵，花簇生于叶腋，这一点让它独特，另外白色花瓣晕染开来的紫色放射状条纹，让它显得既单纯又复杂。紫苑也是特别漂亮的花朵，它是那种我们经常见到但一般都叫不出名字来的"小雏菊"，一般是蓝瓣黄蕊，只有一个硬币大小。这种小花如果成片开放，那就特别的如梦如幻，是初恋爱情电影的最佳外景地。

其他几样植物，我一向对石竹的感觉比较淡漠；风铃草我没见过，只看过照片，看花形跟铃兰有点像，初花惹人怜爱，像小铃铛，开繁了后有点像小喇叭，颜色有白、蓝、紫和淡桃色。而剪秋罗、耳草和车前草都是药草，花朵的姿色相当平淡，一般没有观赏之用。

至于说文中首先提到的苦艾，我立马联想到著名的苦艾酒，这种据说有催情作用的酒不知道怎么回事竟然被禁了半个多世纪，1910年首先在瑞士被禁，之后在美国、法国以及欧洲很多国家被禁，直到1998年，这种酒才被正式解禁。

我去查了查苦艾的资料，其中提到苦艾治疗疟疾的效用。那苦艾是否就是中国的青蒿呢？2011年我去过一趟东非，行前打黄热病预防针，但没有疟疾预防针。对非洲有所了解的人都知道，那里是疟疾高发区，如果因蚊虫叮咬得了疟疾怎么办？当时就有了解情况的人安慰说，没关系，我们中国研发出的青蒿素特别有效，从20世纪70年代开始，青蒿素救了很多非洲人的命。2011年，有一条很醒目的新闻就是青蒿素发现人屠呦呦得了一项很高荣誉的医学奖，拉斯克—狄贝基临床医学研究奖。

苦艾和青蒿是不一样的，它们都是菊科蒿属，但种不一样，青蒿的种是青蒿，苦艾的种是中亚苦蒿。这么说吧，我认为青蒿是苦艾的一种吧，也不知这种说法对不对。至于说苦艾和青蒿开花，那真没什么好说的，它们太不起眼了。

前面说到维苏威火山爆发的那个故事中，有一个很重要的人，那就是《博物志》的作者普林尼。普林尼以《博物志》一书流芳千古，书中他分析记录有800多种植物，给后人留下了十分宝贵的资料，但当时他的职业身份是罗马海军舰队的指挥官。公元前79年8月22日中午，普林尼眼见海面上升腾起一朵形状像松树枝一样的奇怪的云朵，便带着随从坐上轻型船前去近距离查看，殊不知，那就是维苏威火山爆发的那一刻。据记载，当滚烫的岩石碎片和火山灰从天而降之时，普林尼还十分冷静地向记录员口述他目睹的火山爆发的情形。作为一个伟大的学者，普林尼的敬业和胆识，令人感佩不已。最终，普林尼和那些记录以及那些庞贝城内盛开的花朵，都一起埋在了火山灰下。

苦
艾

苦艾，菊科蒿属。生长于海拔1100米至1500米的山坡、草原、灌木
丛中。

冬　同一时间的温柔和绝望

番樱桃

番樱桃，桃金娘科番樱桃属，常绿灌木，原产于巴西南部热带地区。花为白色。果实为扁球形深红色浆果，果面有8条纵棱，形似南瓜，垂吊于枝头，极为娇美。

锦葵

锦葵，锦葵科锦葵属，两年生或多年生直立草本。株高50—90厘米，花为紫红色，亦有白色，花期5—10月。

青蒿

青蒿，菊科蒿属，一年生草本，植株有香气。有清热、凉血、解暑、祛风、止痒等功效。

225

精通浆果的人

梭罗说，"若说好吃的果子中，一年中就数草莓成熟最早。"

一般来说，对于普通人，作为水果买来吃的，也就是草莓。蓝莓、黑莓之类的浆果，我们很少能在水果店、水果摊上看到买到，大多是在吃甜品、冰品的时候能够听到它们的名字。我一直相信，最普及、最常见的瓜果蔬菜，一般来说口味最为纯正美好，否则也不会那么普及，所以，在各种莓中，我相信草莓是最好吃的。梭罗也是这样认为的，《野果》一书中，草莓那篇是他关于各种莓的描述中最长也是最动情的一篇。

梭罗是个精通各种浆果的人。离开瓦尔登湖之后，1850年，他搬进位于马萨诸塞州康科德市的他父母的家，从此，每天除了写作阅读之外，他开始长时间在野外散步，仔细观察各种植物的果实，尤其是浆果，同时开始收集《野果》一书的素材。梭罗为这本书前后准备了10年，但直到因病去世，也没能最后完稿。《野果》一书是在梭罗去世130多年后由后来的学者研究归纳整理出版的。

在《野果》中，梭罗告诉我们，各种莓集中成熟在6月和7月。这是他所在的气候寒冷的美国新英格兰地区。在偏热的地区，莓的成熟会比新英格兰早得多。像我所在的中国西南地区，3月中旬后就可以吃到草莓了。

除了熟悉的草莓，我在梭罗的文字里看到了各种各样的莓。

蓝莓类的有矮灌早熟蓝莓，又叫小矮人蓝莓，植物学名为宾夕法尼亚蓝莓，这种蓝莓口味香甜，颜色有两种，一种蓝晶晶的，不太深，还带着果霜，另一种果实颜色蓝得发黑。还有低灌晚熟蓝莓，浅蓝的果子上有层果霜，梭罗说，"看上去集漂亮、简约、美味于一身。"另有高灌蓝莓，又叫湿地蓝莓，果实细小，色泽青黑，味道偏酸。

黑莓类的有低灌黑莓，也叫露莓，熟透了的果实很软很甜。有高灌黑莓，形状有点像桑椹，味道香甜。还有红色矮脚黑莓，果实深红，有光泽，吃起来酸酸的，味道有点像覆盆子。

其他还有一些莓就比较少见了。树莓，果实是淡红色的。茅莓，黑色的果实饱满结实，但口味一般。还有一种叫野生鹅莓，又叫刺葡萄，成熟的果实像一串红色的小水珠。

梭罗除了记录自己的考察之外，还翻阅大量的植物典籍。他引用的关于北极圈的拉普兰地区的草莓盛况十分令人神往，说是"遍布四处的草莓甚至把驯鹿的蹄子都染红了，被染红的还有游客们乘坐的雪橇"。他还引述了一个叫皮得斯的人写的一份关于草莓的报告，说是在弗吉尼亚州有一片方圆八百英里的树林，18世纪时毁于一场火灾，之后那里成了最为壮观的草莓产地，"草莓开花，四野缤纷，花朵坠地，凌乱成泥，时有精灵显现。……草莓结果成熟之时，果香四溢，虽在远处，亦可闻及。……蜂鸣如歌声阵阵，更催得花果茂盛。……"

以前在读梭罗的时候，就特别喜欢他对植物的描述，真切轻盈，朴实动人。在《野果》中，这样的描述也很多，就关于各种莓的描述中，这两段我特别喜欢。一是高灌黑莓，"在向阳的山坡上，它们挂满果子，黑亮亮的和红的、青的都混杂在一起，枝头轻垂，与香蕨木和盐肤木为伴。"还有就是低灌晚熟蓝莓，

"这种蓝莓虽不高，枝干也不粗，但笔直挺拔，分出的树枝就像细小的棍，绿绿的树皮上，通红的是刚冒尖的嫩枝，绿灰色的是叶，玫红色是开的花（而且有玫瑰的那种精美色晕）。"

草莓的亲戚

翻一本附有菜谱的书，里面有一道甜点"奶油悬钩子派"，做法是先烤好一个派，然后"悬钩子4杯，洗净，加1/2杯糖，2中勺竹芋粉、2中勺鲜柠檬汁，搅拌均匀，腌10分钟。腌好的悬钩子倒在派上，放入预热到350℃的烤箱里，烤35—45分钟。饼表面呈金黄色取出，趁热佐以鲜奶油食用"。

一看就是很好吃的东西，特别是对于热爱甜食的我来说，那美味可以在想象中预支一番。如果照着做做如何？先试着把几个东西翻译一下："派"是知道的，洋词儿，就是面饼子嘛；竹芋粉？不知道是啥玩意儿，想来是根茎类植物的果实磨的粉，一种淀粉类的东西，那可以用米粉代替；悬钩子，也是洋词儿，我们叫它草莓，就像提子我们叫葡萄，差不多就那个意思。

书看到后面发现不对。又一个跟悬钩子有关的甜点，"草莓悬钩子水果塔"，看做法："备料——草莓、悬钩子、黄油、面粉……"

咦，草莓和悬钩子不是一个东西啊。

一直以为是一个东西的两种叫法。原来还以为西南地区的人从来不这样说这玩意儿，是因为它放在方言里是个很不雅的词，所以不像"提子"那么易于流行。

上网去查。悬钩子跟草莓倒是亲戚，俗称刺莓，成熟果实为红色，多浆，味酸甜，可直接食用，也可酿酒或做酱。

联想到另外一个东西，覆盆子，跟悬钩子是相似的不知所谓，对它也是迷糊了很多年。这个词从小从课本里就知道了，那是鲁迅的《从百草园到三味书屋》中的一段，大家都能背（课本要求必须背的）："不必说碧绿的菜畦，光滑的石井栏，高大的皂荚树，紫红的桑椹；也不必说鸣蝉在树叶里长吟，肥胖的黄蜂伏在菜花上，轻捷的叫天子（云雀）忽然从草间直窜向云霄里去了。……如果不怕刺，还可以摘到覆盆子，像小珊瑚珠攒成的小球，又酸又甜，色味都比桑椹要好得远。"

也去查到了，覆盆子，跟草莓也是亲戚，又称红莓（那首苏联歌曲《红莓花儿开》就是以覆盆子起兴的）。还知道鲁迅描述的"像小珊瑚珠攒成的小球"专业上叫作聚合果。真长学问。

接触我们不熟悉的水果，哪怕只是一个字眼，也能唤起一种新鲜感。但事实上，之所以不熟悉，是因为它们不普及。不普及也是有原因的，那是因为它们的口感不是很好，至少不如我们熟悉的水果好。看超市里那些很贵的水果，比如火龙果、山竹什么的，其实不如苹果、梨好吃。我想，悬钩子和覆盆子也不会比草莓好吃。推而广之，世间很多人和事都是这个道理。这么一联想，还挺让人长心眼的。

孤独而芬芳的远方生活

浆果处处，这个词组打上一个书名号，就是苏联作家叶甫图申科一部小说的名字。我没有看过这部小说，听说其中的重要元素有宇航员、地球和人类之间的关系以及对民族主义的思考。有好些人说这部小说很棒。对我这个没有读过这部小说的人来说，我觉得书名很棒。

浆果处处，这个意思是说，凡是沾到浆果这个字眼的文字，对于我来说都有一种莫名的吸引力。这些文字似乎都有一种饱满、滋润、酸甜可口、维生素丰富的感觉，它们让人觉得很清淡又很有营养。

"……那里，我们藏起了自己，/幻想的大缸，里面装满浆果，/还有偷来的樱桃，红红地闪烁。/走吧，人间的孩子！/与一个精灵手拉着手，/走向荒野和河流，/这个世界哭声太多了，你不懂……"

这是叶芝的诗。

想要去频频触碰浆果这个字眼，可以去读普里什文和吉辛这类对自然的记录和描述有如神助的作家。当然还有梭罗。我对梭罗的印象和感情都要更深一些。他在他的书中，经常提及他那想以采摘浆果为生的理想，还有好些与浆果相遇的经历。他说，他希望可以"整个夏天我去山林中游荡，信手采摘沿路的浆果，然后就随便卖出了事，这样做有点像是在放牧阿德默特斯的羊群"。

到底什么是浆果呢？如果去搜寻一番，可以得到这样的说法：浆果简单地来讲就是水分含量很高、果肉呈浆状的这样一类果实。然后，那些资料告诉我们，草莓、树莓、桑椹、黑加仑是浆果，樱桃、葡萄也是浆果，猕猴桃、无花果、柿子、香蕉、桃子、龙眼、荔枝等都是浆果。据说，蔬菜里的西红柿、茄子这些也是浆果。这样一来，浆果这个在我看来很诗化的字眼就变得寻常了。在文字里，我还是愿意碰到一些不寻常的、野外的、稀罕的、需要遭遇的果实，比如，我读的安妮·普鲁的长篇小说《船讯》里，就有这么一段话描述北极圈夏天野地里的浆果，"海岬上，沼泽地里，数不清的浆果成熟了，野生黑醋栗、刺儿李、大果越橘、湿地果、夏虎刺、南瓜果、岩高兰果，还有直挺挺竖在紫绛色叶子上的带黑斑的云莓……"这样的描述，带有一点植物学的专业味道，触发读者某种陌生新鲜的感觉和一种密集的景观想象，这在阅读中让人觉得很带劲儿。

其实，常识告诉我们，那些鲜见于日常生活的浆果，从口味上讲，比起那些我们熟悉的浆果，一般来说都要差一些。熟悉的缘故往往得益于可口，进而需求量很大。当然，也有可能有些品种不易于栽培种植，失之于批量生产，因而鲜见于日常生活之中。这就是一个常见的悖论，生活和艺术之间的悖论，打个比方说，可口的常见的草莓，较之于酸涩的罕见的刺儿李，在文学效果上讲，似乎就差了一截。

在我的阅读感觉里，文字里的"浆果"似乎代表着一种概念，一种孤独而芬芳的远方的生活，它代表着野外、跋涉、体力和心灵的艰难付出以及高度融合、背离物欲、放眼自然、专注内心等一系列内容。它似乎是某种修行的代言物。不用说，这种印象首先是长期以来反复阅读梭罗带给我的。这些年来，我逐渐发现，读梭罗越多越久，一方面离他越远——因为他之人的不可学和他之生活的不可复制；另一方面，其实也可以离他越来越近，或者说，可以努力地靠近他，可以努力地在内心筑造愿景。外在的一切其实并不重要，如果能掌握自己的内心。如果外在的一切能离开，那就说明可以随时返回。如果能离开人群，那就能真正地享受人群；如果能离开钱，那就能真正地享受钱带来的好处；如果能离开名声，名声就是一种美好；如果能离开爱情，爱情就是一种幸福……这都是愿景，多么美好的愿景啊！

可惜的是，我们，大多数人，芸芸众生，我们做不到。我们被很多东西控制，无论是在哪里。我们被欲望控制着。

这个世界，专注于个人内心的成长和强大是一件非常艰难的事情，甚至，这种专注和生活的面貌是完全相反的。巨大而猛烈的生活像海潮一样涌过来，那些为内心成长所做的努力，那些决心，有的时候就像砂器一般被冲毁了。又要重建，又要劳作，如果还想再看到它们。但无论如何，我们还是得重建，还是得劳作，要不然，生活是无法忍受的。

梭罗说，"时间只是我垂钓的溪。我喝溪水，喝水时我看到它那沙底，它多么浅啊。汩汩的流水逝去了，可是永恒留了下来。我愿饮得更深。"

梭罗是高人。高人是稀少的。就我们大多数人来说，时间如水，裹住我们往前走，只是，我们可以把内心的每一次所得，视为采摘到的一枚浆果。幻想的大缸里装满了浆果；我们手上的这一枚浆果，红红地闪烁。

一朵深渊色

覆
盆
子

覆盆子，蔷薇科悬钩子属的木本植物。果实味道酸甜，植株的枝干
上有倒钩刺。别名为木莓、覆盆、树莓等等。

238

同一时间的温柔和绝望

草莓

草莓，蔷薇科草莓属，多年生草本植物。草莓鲜美红嫩，果肉多汁，含有特殊的浓郁水果芳香。草莓营养价值高，富含维生素C。

239

硬得像膝盖的果子

我一向相当钟情描写植物的文字。看美籍墨西哥裔女作家桑德拉·希斯内罗丝的《芒果街上的小屋》时，看到这一段写花园的文字，忍不住赶紧抄下来。

"那里有向日葵，大得像火星上的花儿；还有肥厚的鸡冠，花朵漫溢出来像剧院帷幔上深红的裙边。那里有令人头晕的蜜蜂和打着领结的果蝇翻着跟头，在空中嗡嗡鸣唱。还有很甜很甜的桃树。还有刺玫瑰、大蓟和梨树。野草多得像眯眼睛的星星，蹭得你脚踝痒痒的，直到你用肥皂和水洗净。还有大个青苹果，硬得像膝盖。到处都是那种令人昏昏欲睡的气味：腐烂的木头、潮湿的泥土，以及那蒙了灰尘的蜀葵，像老去的人那白到发蓝的金发一样浓密而馥郁。"

关于植物的文字，大多有一种凌乱茂密的意味，在一个个植

物名词之中，间或有昆虫的名字，有一些组合得很有趣的形容
词，有一些古怪的比喻，比如，说青苹果硬得像膝盖。这里面，
充溢着一种植物的气息，结实、充盈而安静。

我的园子里也有一些硬得像膝盖的果子，在它们还未成熟的
时候。

有石榴，硬邦邦的外壳，里面的籽儿不知什么时候绽出；

有新结的桃子，这种桃子硬得那么骄傲那么瓷实，有一个词
说它们说得特别美妙，初桃；

还有一些硬邦邦的番茄，青色的；

还有柚子，由青变黄，越来越沉，把枝子压得越来越低；

金蛋子从青到红，一直都是硬的；

海棠结果的时候；

葡萄挂果的时候；

一朵深渊色

如果算上那些还未成熟的瓜们，我的园子里硬得像膝盖一样的果子真还不少。

有一个熟人在北京买了一块地，卖方连一片柿子林也一起送了。柿子林里有几十棵高大的柿树，开头挂果时，是青色的，非常硬，掉下来可以把人头上磕个包起来。然后，一不留神就红了。那一派风光，那一盏盏小灯笼一样的景象，实在是非常迷人的。

以前，我可能会把硬果子的比喻用于青春——质地如此紧密，但质地又是那么青涩，有无限的可能性，有漫长的成长期。但现在，我很想把硬果子比喻成一种艰涩的友情关系。说艰涩，是基于双方的个性都太强，友情开端不太容易，硬邦邦的，碰撞起来会挺疼痛。但如果双方依旧保持彼此欣赏这个基调的话，那么，碰着碰着，自己就开始熟了，红了，柔和了，可口了，然后一切就顺了。我有几个这样的朋友。有时候，在现在这份纯熟的友情中，时不时会回望开始的那份坚硬以及碰撞带来的疼痛和乐趣，说真的，还是挺怀念的。

铁树的果实

微博上有人贴出一张图片，配文说："铁树结果，谁见过？只有气候适宜的云南墨江才能见到。"

跟帖都说，稀奇哦，见过铁树开花，铁树结果还是第一次见到。

说只有云南墨江才能见到铁树结果，这说法怕是太自负了，关于各地铁树结果的新闻还是有好些的。

我见过铁树开花，但也是第一次看到铁树的果实是什么样的。以前总以铁树开花来比喻世事之艰难，其实，有了现代园艺技术，铁树开花不是什么特别的稀罕事了。当然，相比起其他的植物，铁树开花也不是那么容易的，它得长上10年以上才会开花（以前说是60年才开花，那是夸张的说法），还得空气湿热，所以南方人见铁树花的机会比较多一点。铁树花其实一点都不好看，跟个大菠萝似的，死挺挺地立在叶片中央，毫无曼妙之姿。铁树结果则更麻烦，如果不是人工授粉的话，自然结果的铁树得是雌雄两树挨得挺近，还得是同时的花期才行。

我从来不觉得铁树好看，见过铁树花之后，也很失望。这次看到铁树果实的图片，倒是有点惊喜。

铁树的果实是这样的：中央有一个很大的"果盘"，里面装满了红红的鼓鼓的果实，像没褪衣的花生豆的模样，但又比花生豆晶莹透亮，乍一看有点像石榴呢。我觉得很好吃的样子，就跟另一个朋友都问：可以吃吗？

有博友上来说：吃不得。

为啥吃不得？这个得查一下。

果然吃不得。铁树，学名苏铁，其果实有个好听的俗名，叫作凤凰蛋，它含的苏铁苷这种物质是致癌的，另有麻痹神经的作用。但所谓是毒都是药，是药三分毒。只要用量合适，毒就是药。铁树果实的药用是作为收敛剂，用于消炎、止血，还治痰多咳嗽、痢疾、刀伤和跌打内淤。铁树总的来说就是一棵药，嫩叶、花、根和果子一样，都可以入药，基本上都有收敛作用，止血、镇痛、镇咳等等。

在查资料的时候东逛西逛的，看到了一个稀罕玩意儿。那是一个像摩挲了几十年的核桃一样的手把玩件，外形凹凸像手雷，有暗红的手泽，一看就是有年头的东西。说是铁树果实，很硬的，跟核桃一样，已经被主人捏玩了很多年了。这东西出现在济南一年一度的换物节上。所谓换物节，就是爱好者们集中在一块，交换各自把玩的玩意儿，挺有意思的。

要说好看，还是巴西铁树好看，枝叶滋润舒展，茎干虬结有情致，花也好看，一串一串的，像丁香。作为常见的室内盆栽植物，屋里或者案头摆一盆巴西铁树，就特别有气氛。当然，巴西铁树跟铁树完全不是一回事，它不是苏铁科，属于百合科。但我没见过巴西铁树的果实，听说像淡绿色的鸟蛋，看上去很可人的。

铁树

铁树，苏铁科苏铁属。因为树干如铁打般坚硬，又喜欢含铁质的肥料，所以得名铁树。另外，铁树因为枝叶似凤尾，树干似芭蕉、松树的干，所以又名凤尾蕉。铁树茎干粗壮，雌雄异株，喜光照充足、温暖湿润的环境。

巴西铁树

巴西铁树，学名香龙血树，又名巴西木，百合科龙血树属，常绿乔木，高可达6米以上，盆栽高50—150厘米。巴西铁树性喜光照充足、高温、高湿的环境，株形整齐，茎干挺拔，叶簇生于茎顶，弯曲呈弓形，鲜绿色有光泽，花小芳香，是著名的室内盆栽观赏植物。

葵

很喜欢葵这个字。

葵，首先想到的就是向日葵。要说我有多喜欢向日葵，也谈不上。曾经在花园里种过一株向日葵，花成之后，看上去感觉普通。向日葵还是得成规模才有味道吧，那是一种汲饱了阳光的味道。

也栽过锦葵，花形叶形看上去无甚韵味，但是紫的花色很有质感。其实，属于锦葵科的木槿比锦葵更漂亮。我家一直栽有木槿，开那种花瓣皱皱的百合形的大花，有金红色的，也有淡紫色的。

对于紫花，可能人们在观感上都有某种神秘的好感吧。曾经写过一篇散文，叫作《锦葵三篇》，其实跟锦葵没有什么关系，

一朵深渊色

我写下的是关于伍尔夫、茨维塔耶娃、阿赫玛托娃这三个女人的一些阅读断感。在我的感觉上，她们似乎跟紫这种色彩和葵这种质地有一些相通的地方吧。至于说具体哪一点相通，我是说不出个所以然来的。通感，往往是没有道理的。

对葵的感觉里，或者说对葵这个字的感觉里，方正的字形很齐整大气，笔画很多，有繁复之感，这跟我希望向日葵成规模呈现有一定的联系。这还是一种可以榨油的植物，滋润，然后，就是滋润带来的浓郁了。

看美国女作家苏·蒙克·基德的小说《美人鱼椅子》，里面有这样的一段话，"房子里充满了秋葵荚的味道，味道浓厚得好似一条条绿色的绳索，你可以攀缘着从厨房的一端荡到另一端。"好比喻！写出一个描述气味的好比喻是很不容易的，在基德的这个比喻里，葵所产生的密不透风的芳香，似乎有了一个把握的机会，就是那些"绿色的绳索"，真让读者能够产生攀缘的愿望。这个比喻，从视觉效果上讲，有美国鬼才导演蒂姆·伯顿的风格，我相信他就能拍出人扯着绿色芳香绳索荡来荡去的场景。紧接着，基德又用了另外一个比喻来形容幸福感，"一小抹幸福感就会像一把奇异的纸扇子似的，在我的胸口舒展开来。"要说，这个比喻也适合由蒂姆·伯顿来影像化。

基德提到的秋葵，应该就是一般叫作黄秋葵的植物。黄秋葵，又叫作秋葵、羊角豆、咖啡黄葵、毛茄等。这是一种近年来已经进入中国市场的蔬菜。据说，现在黄秋葵很时髦，是风靡全球的高档营养保健蔬菜。

前些年，有朋友给我们种子。经过育种、分盆、间苗、施肥等工序之后，一盆盆黄秋葵长成了，开花结荚。朋友是当新品种蔬菜送的，我们自然也不会辜负她的初衷。炒了好几次黄秋葵来吃，脆嫩滑润，汁液饱满。听说，黄秋葵的果荚分绿色和红色两种，我们吃的是绿色果荚，想来红色果荚在餐盘里的视觉效果会更漂亮一些。

据某一种古老的说法，葵科植物是一种能将心灵自罪恶的激情中解放出来的神圣植物，其妙诀就在于它们那种朴实浓郁的香气。我在摘取和清理黄秋葵的时候，的确有一种钝钝的厚重的香气，萦绕在空气里，停留在手指间。当然，在我来说，不存在解放激情的任务，但我真的希望抓住那基德版本的芳香绳索荡起来。

向
日
葵

向日葵，菊科向日葵属，一年生草本植物。可高达3米，因花序随太阳转动而得名。其果实俗称葵花子，是著名的坚果类零食。向日葵性喜温暖耐寒，原产于美洲，现世界各地均有栽培。

木
槿

木槿，锦葵科木槿属，落叶灌木。花色艳丽，作为观赏植物被广泛栽种。

黄
秋
葵

黄秋葵，锦葵科秋葵属，一年生草本植物。风味独特，营养价值高。

橙黄橘绿时

我酷爱柑橘类水果的口味和气息，花与叶也都芳香怡人，苏东坡之"最是橙黄橘绿时"一句也是很爱的景致，成都周围的乡村田坝在秋冬时节尽是这样的景致。

我是特别喜欢橘子的，无论是其果，还是其叶和花。家里的花园就栽着几棵橘子树，橘子花开的时候，守在旁边不肯离开，努力捕捉那种沁人的香，没个够。没有花开的时候，也会经常捻玩几片橘子树叶，捻着捻着，然后嗅手指头，满指噙香。

平时选用洗发水、沐浴露、润唇膏之类的日化用品时，几种香型中，如果有橘子，那肯定是我的首选。橘子的香，在我闻来特别清冽，其他所有的植物香都没有橘子这么清冽，似乎有一种微苦、自省的意味。

时令水果中，橘子之前，横亘夏末至深秋的是桃子、李子、柿子。当然，苹果、香蕉、梨子什么的不算，那是常年都有的东西，没有任何季节感。经常在吃的还有芒果、龙眼，但这些热带水果不算本地产物，而且，也是常年都见的东西，完全没感觉。从时令的角度来看，在桃子、李子、柿子之前，应该是荔枝和葡萄，再往前，是枇杷、草莓，再往前走一点，又是橙子和橘子了，这就和初冬时手头上在吃的这个橘子接上头了。这种时候，时间这东西就有了刻度，很显眼的。吃着入冬后的第一个橘子，想不起暮春时节吃的最后一个橘子的滋味，一年的轮廓也就很清晰了。

在我的印象中，开始吃橘子，就代表着初冬，代表着冬天的触角已经开始微微地试探我们了。

对于橙子、橘子、柑子、柚子……我一向就有点糊里糊涂地搞不清楚。去仔细查了一下，原来是这样：它们都属芸香科柑橘亚科，《本草纲目·果部》里说，"橘实小，其瓣味微酢，其皮薄而红，味辛而苦；柑大于橘，其瓣味酢，其皮稍厚而黄，味辛而甘。"（酢是酸的意思）这是橘子和柑子之间的区别。桔子是橘子的另外一种写法，音同意同。柚子更大个，这个大家都知道。那么橙子呢？原来橙子是柚子和橘子的杂交品种，大小跟柑子差不多，除了口味有区别之外，还在于剥皮之难易。橘子、柑子都很好剥皮，橙子和柚子剥皮时则要用上小刀才行。一般来说，好剥皮的橘子、柑子果肉是甜中带酸，而难剥皮的橙子和柚子果肉都是酸中带甜，侧重点有所不同。

至于说"橘化为枳"那句成语中的枳，则不算水果了，就是一种果子，也是柑橘类的，但味道酸苦，不能入口。

对于桔子和橘子，我喜欢写成"桔子"。橘子写成俗称的桔子时，那个桔读作"jú"；桔这个字在"桔梗"这个词里，读作"jié"，"桔梗，多年生草本植物，叶子卵形或卵状披针形，花暗蓝色或暗紫白色。供观赏。根可以入药，有止咳祛痰的作用。"桔梗花是极清雅的花，那种特别罕见的暗蓝色和暗紫色，既神秘又朴素。桔梗花做插瓶是极好的，但不多这样的机会，虽说桔梗花不是什么稀罕的花卉品种，但其实在花市上是不太容易碰上的。

当然，桔梗跟桔子是没什么关联的，不过是因为有这个"桔"字而顺手写了一笔。

前段时间在翻日本学者青木正儿的《中华名物考》，里面有一篇是"柚香头"，主要写用橙子皮（日本把橙子统称作柚子）做成的香料在料理中的用法。这篇文章的最后一段很是风趣清雅，写的是橘子代柚的事："庭中香橘，今夏依然悬挂着看似风铃的碧玉之珠，摘取一个，取代柚子，盂兰盆会，适有配给酒，浮之于杯，品尝了清香。"

四川是柑橘产地，这几年，水果摊上林林总总的柑橘类水果中有了一种叫作"不知火"的柑子。我第一次看到"不知火"这个名字，是朋友西门媚的一篇有趣的短篇小说《不知火》。"不知火"在小说里是一处闲笔，起道具的作用。

同样生活在成都这个地界上，我在看西门媚的这篇小说前从没听说过这东西，好像也没遇到过这东西。看了小说记住这个怪怪的名字后，没几天在菜场里就遇到有贩子喊我：买水果哇？买点"不知火"嘛，新鲜。

"不知火"长得真是不招人待见，柑橘一般都身形圆润匀称，不知火却在顶部暴凸出莫名其妙的一坨，果皮上也尽是疙瘩，所以成都人也叫它"丑柑"。不过，丑是丑，味道真是不错，甜美多汁。据说"不知火"就是这种柑子的学名，原产地在日本，2005年引进到四川丹棱县开始成规模地种植，现在的主要产地除了丹棱之外，还有蒲江、金堂等县。

不知道原产于日本的"不知火"，这个名字的来源是不是日本那个传说。传说"不知火"是日本九州地区海面上的一种怪火，一簇一簇的，没有人能够走近它，只要接近它存在的区域，它就转移到其他地方去了。有一说是龙神的灯火，还有一说是一种妖怪，所以，在古代日本，"不知火"出现的日子里是禁止出海捕鱼的。可能因为这个民间传说影响颇大，所以日本文化中有不少以"不知火"命名的内容，近年来主要有不少动漫人物是冠以"不知火"这个名号的，不知火博士、不知火玄间、不知火铁心什么的，好像多是忍者、武士之类的人物。

据说柑橘类水果是水果第一大家族，除了常见的柑橘柚橙，还有葡萄柚、金橘、柠檬等多个品种。我所居住的四川是柑橘类水果的大产地，从小到大，感觉上从来不缺的就是这类水果，脐橙、红橘、蜜橘、柚子、椪柑，都是成都人家的家常水果。小时候还和其他小孩用竹竿绑上刀子去钩一种叫作"气柑"的柚子。这是我们那个年代共同的儿时记忆。气柑是原生的未加改良的柚子，其实很难吃，又涩又苦。

这些年市面上柑橘类水果有不少改良品种，除了"不知火"

之外，还有一种橙子，名字太好了，叫作"清见"。

　　查了查资料，清见也是从日本引进的，这种果子个头大，色泽金黄鲜亮，表皮光滑美丽，汁多味美，算得上是内外兼修的柑橘美女，的确当得起"清见"这个雅致的名字。

柑
橘

柑橘，芸香科柑橘属，常绿小乔木。花带有芳香；果实呈扁球形，橙
黄色或橙红色。春季开花，10—12月果熟。喜温暖湿润的生长环境。

书房里的孔雀竹芋

因先生热爱园艺，而我，只要只是浇水，不去松土、施肥、剪枝、倒盆什么的，也热爱园艺，所以，全家周末出行的一个经常性的内容就是去逛城边上的花市。

原来住城中心。城中心有个著名的花鸟市场，青石桥，离家和单位近，先生是隔三岔五地去，午休时间经常往家抱棵树、拎盆花什么的。有几次下班后半天不见人回来，也没听说晚上有应酬。终于回来，拎一堆兰草、米兰什么的，笑兮了，说是花市结束时买的，好划得来。有一次是在冬天，他约着和一个同道的好友一起去赶青石桥的早市，清晨五点出门。我缩在温暖的被窝里，迷迷瞪瞪中佩服得要命。

那时城中心的家的屋顶花园被先生侍弄得郁郁葱葱，春天来了，一长溜的栅栏上都是红蔷薇，另一面，七里香黄黄白白的，暗香浮沉。很多朋友都喜欢来我家屋顶玩，晚上坐在微风里，茶、酒、烟、书、豆腐干、家常话，四周高楼的霓虹灯映得花草异常丰美。那真是些惬意的日子。当年的一些朋友现在已经是异乡人了。

先生是土相星座的人，跟植物有缘。好这个不说，经他手的植物也长得特别好。搬家到南边远郊，很大程度是想要一个更大的花园。这个新花园经先生培育多年以后，也很茂盛好看。

我们现在经常去逛的花市多半是开车很顺畅方便的三圣乡。冬天时，园子里除了蜡梅外，没有什么景观，于是时不时去三圣乡的温室大棚里买点盆栽植物，比如绿萝、红公主、一品红什么的。另外买过七彩芋、孔雀竹芋。正面五色斑斓、背面深红的七彩芋是比较少见的，最奇怪的是白和褐两色交织的孔雀竹芋。孔雀竹芋的叶子有巴掌大，质地跟丝绸一样，比一般绢花的质地还细腻柔滑，简直太假了，真的非常假，逼真地假。这话都说绕了，不知该怎么描述。

去网上查这植物的资料，作如是说："孔雀竹芋又称五色葛郁金，为竹芋科肖竹芋属多年生常绿草，原产于巴西热带雨林地区。性喜高温高湿和半阴的环境，不耐寒。孔雀竹芋株形规整，叶面富有美妙精致的斑纹、独特的金属光泽，褐色的斑块犹如孔雀开屏，其色彩清新、华丽、柔和，是室内观叶植物的珍品。它适应性较强，在室内较弱光线环境可较长时间栽培。常以中小盆种植，装饰布置于家庭书房、卧室、客厅等场所。"

那年冬天，我就把这盆孔雀竹芋放到我的书房的花架上。这个花架是炭化木的、三层参差造型的，最下面一层是一盆紫色小菊花，正在盛开，中间一层是夹杂着几片黄叶的旱金莲。细瓣菊和旱金莲都有点小野趣，最上面一层就是那奇怪的漂亮无比的孔雀竹芋。好玩，知道它是真的，但怎么看怎么摸都像是赝品。我每天都去摸它几下。

一朵深渊色

七
里
香

七里香，芸香科九里香属。开白色花，散发浓烈的芳香，因此也被
称为千里香。

孔
雀
竹
芋

孔雀竹芋，竹芋科肖竹芋属，多年生常绿草本植物，原产于巴西。性
喜半阴，不宜直射阳光。孔雀竹芋株形规整，叶面富有美妙精致的斑
纹、独特的金属光泽，斑块犹如孔雀开屏，是室内观叶植物的珍品。

262

美丽的木头

我对版画一向挺着迷的，特别是精细线条的版画。早些年，我跟版画家冷冰川合作过一本绘本随笔集，是以他的版画、我的随笔这样的组合，由三联书店出版。这本书是我自己特别偏爱的一部作品，冷冰川版画的那些线条细腻得忧伤、深邃，让人恍惚，想逃，于是我的文字也是一种恍惚、想逃的味道，由一个个词汇，穿过冷冰川的版画，看似定格，其实不知所云，因而名为《遁词》。

2012年初冬，诗人翟永明把她的朋友、中央美院副教授、版画家杨宏伟请到白夜来做了一场小规模的展览。杨宏伟的版画之前我就看过几次，很喜欢。这次展览又饱了一次眼福。跟展览配套的活动特别有意思，邀请了成都的一些诗人、作家，跟着杨老师上了一堂版画速成课。我也是学生之一。

那个下午，我跟一拨成都的文人朋友，像回到少年宫美术班一样，跟着杨老师的讲解、指导，照着复印成版画味道的黑白照片，描线后用各种型号的圆口刀和三角刀，在木板上制作版画。整整一个下午过后，每个人的作品都完成了，水平当然不值一提，但经过油墨翻印出来后，的的确确做成了一幅版画。这让初次制作版画的一拨文人惊喜不已。我刻了一只羊，刀法凌乱，不成样子，但印出来后，的确是一只像模像样的羊，我为平生第一幅版画作品（以后也可能就没机会再有版画作品了，哈哈）取名为《凌乱的羊》。

那天在学刻版画的过程中，我问同桌"同学"、老友易丹教授：我们这是刻的什么材质啊？易教授说：就是普通的层板吧，未必我们还能刻梨木吗？

版画的材质引发了我的兴趣。回家后就上网查询学习。

层板是现今木刻版画使用最广的材质，一方面是便宜，另一方面是可以制作大面积的作品。比如像杨宏伟先生的《世纪坛》这样的作品，体量很大，具强烈的震撼效果。这样的作品，材质也就是可以根据要求制作尺寸的层板。

传统的木刻材质是梨木。另外还有白果木和黄杨木。白果木木质细软，不宜精细刻制；黄杨木木质很硬，适合精细刻制，但对刀具的强度要求很高，且刻制过程相对来说也更艰辛。最普遍的就是梨木了，它的质地和硬度介于白果木和黄杨木之间，相对来说刻制比较容易，又不易变形。

梨木并非梨之木，跟梨这种水果没什么关系。梨木主要产于欧洲和部分亚洲地区，在我国主要产于广东、广西地区，因产量稀少，对其大部分的用量需要进口。明代谷泰撰写的《博物要览》里说，"花梨产交（交趾）广（广东、广西）溪涧，一名花榈树，叶如梨而无实，木色红紫而肌理细腻，可作器具、桌、椅、文房诸器。"也就是说，梨木之名非因实名，却因叶名。

什么东西一旦往前探究也就玄乎深奥起来了。梨木、水果木、花梨木、花榈木、花狸木、海南檀、黄花梨、新花梨……围绕着"梨木"，一堆或重叠或分类的说法摆在面前，眼花缭乱。又瞄到《博物要览》里面说，楠木有三种，"一曰香楠，又名紫楠；二曰金丝楠；三曰水楠。""南方者多香楠，木微紫而清香，纹美……"真美啊。光看这些文字，就觉得美滋滋的。

《博物要览》里面描述了多少美丽的木头呢？我由此很向往这本书。

花梨木

花梨木，也叫花榈木，蝶形花科红豆属，喜生于山谷阴湿之地，木材颇佳，心材红褐色，坚硬，纹理精致美丽，适于雕刻和制作家具。

楠木

楠木，樟科楠属，常绿大乔木。楠木是驰名中外的珍贵用材树种，材质优良，纹理淡雅文静。

266

中国杨的拌三丝

冬天，一大享受就是缩在温暖的家里，吃着零食看剧集。

日本美食电视系列剧《孤独的美食家》我迄今为止看了三集了。想起了就去看一集，想不起就算了。反正也是没有故事悬念牵扯的东西，什么时候看都差不多。其实，我如此这番有一搭没一搭的关键原因是，男主角——那个垮着一张苦瓜脸、游走在东京小街小巷中寻觅美食的中年男人实在是没有什么吸引力，还不像《深夜食堂》里的那个脸上带刀疤的大叔，有一种外冷内热的魅力。

但我仔细记下了已经看过的三集《孤独的美食家》中的食物。这也是因为看的时候心境太闲，所以才会另外分心去做笔记。当然，做笔记的动力是我对小餐馆的美食一向特别感兴趣。

一朵深渊色

在第一集里，中年男人找到一家叫作"庄助"的小餐馆，吃了本戏中的第一顿饭。那顿饭里，有一道菜叫作"信玄袋"，是酥皮烤过的袋状油炸食品，内馅儿是帆立贝和秋葵。还有一道菜是把烤鸡肉串放进一剖两半的青椒里吃。最后他要了和式干烧饭——米饭里加小银鱼、话梅肉、紫苏叶。这顿饭，我琢磨了一下，真还不错。帆立贝很鲜，秋葵的滋味脆且韧，跟香香的油炸面食裹在一起吃，味道应该不错的。烤鸡肉串跟青椒一起吃，类似于韩国烤肉中的烤牛肉和生菜的搭配，绝配。再看看和式干烧饭，小银鱼鲜、紫苏叶香、话梅肉微酸微甜，想来很爽口。

在第二集里，男人进了一家叫作"和食亭"的小店，要了洋式炖菜，也就是加入胡萝卜、土豆、洋葱、玉米粒等的奶油炖菜。另外要了煮鱼定食（鳕鱼）和滑菇味噌汤。奶油炖菜一般来说味道都不错，这顿饭的亮点是滑菇味噌汤。

在第三集里，男人逛到了池袋，在中华料理街，见有一家"中国杨"家庭料理的招牌上写有"四川风味：手工水饺、手工小笼包子、担担面"的字样，就钻了进去。他要了一份店家特制的"拌三丝"——豆腐皮、黄瓜和胡萝卜，用沙拉酱凉拌而成。又要了一份无汤担担面，辣得半死，但也爽得开心。

他在第三集里吃的这些东西，我首先不敢恭维的是"中国杨"的"拌三丝"。三种原料的搭配挺正常，但奇怪的是沙拉酱。这是那种糊弄老外的中国菜。前阵子我去了一趟欧洲，因为是跟团旅行，一路吃的都是中餐馆。没吃到什么好的中餐，这并不意外，但意外的是在佛罗伦萨吃了一顿让我瞠目结舌的中餐——根本不知道那是些什么东西，反正就是一盘一盘用各种酱拌在一起的糨糊。据说这家中餐馆生意还不错，意大利人很满意，说中国菜很好吃。

拌三丝，在几乎所有的中国菜菜系里都有。三丝的原料也各不相同，常见的有：豆腐皮丝、黄瓜丝、胡萝卜丝、土豆丝、白菜丝、红椒丝、青椒丝、大头菜丝等等。各种原料，任意组合三样，就是拌三丝。跟西餐里的沙拉不同的是，拌三丝讲究的是一个配料清爽、口感清新，酱料（比如芝麻酱、花生酱什么的）不是不用，但会慎用。

在《孤独的美食家》里，"中国杨"显然是一家走家常川菜路线的馆子。那么，家常川菜里的"拌三丝"应该是什么样子呢？比较经典的做法是：黄瓜丝、海带丝、粉丝（这里面有口感的讲究，黄瓜丝脆，海带丝韧，粉丝滑糯，三者搭配，口感上的层次就出来了），在滚水里煮几分钟后捞起来，用冷水淘一遍，晾干后放入易于搅拌的大容器里，加酱油、味精、醋、姜末、熟油辣椒、糖、香油、葱花，拌匀后就可以盛盘上桌了。

❦ 同一时间的温柔和绝望

紫
苏

紫苏，唇形科紫苏属，一年生草本植物。可供药用，也可作香料。有
解毒、镇咳、平喘等作用。

魔幻菜谱

　　1992年出品的墨西哥电影《巧克力情人》是一部非常有名的电影，曾经获得了奥斯卡最佳外语片奖。其小说原著、墨西哥女作家劳拉·埃斯基韦尔的《恰似水之于巧克力》到了2007年7月才有中文版。在我看来，小说和电影里呈现的最具魔幻魅力的两段戏都是由美食带来的。它们跟巧克力无关，它们的关键词是玫瑰、鹌鹑、辣椒、核桃和石榴。

　　我在"百度"上输入"玫瑰的催情作用？"查询了一下，结果查到的是关于玫瑰精油的说法，说是能补生殖之气，调经催情，对女性是最佳的化妆品之一，唯一的缺点是价格太贵，纯玫瑰精油市场价是10毫升一万多块呢。

　　我想在知识上充实一下对玫瑰以及玫瑰精油的认识。结果，就查到这么几句干巴巴的解释，相比之下还是看小说更有趣。

在小说《恰似水之于巧克力》的第三章中，女主角蒂塔烹制了一道"玫瑰花瓣鹌鹑"。劳拉·埃斯基韦尔写出了这道菜的菜谱："先把玫瑰花瓣摘下来，再把它们和茴香一起在石臼里捣烂；然后把栗子在饼铛上炒黄，将壳剥去，放在水里煮，再碾成泥状；把蒜头剁碎，用黄油炸成黄色，当炸成浓糖浆状后加入栗子泥、磨烂的仙人掌、蜂蜜、玫瑰花瓣和适量的盐；为了使汤变得稠一点，可以加两匙玉米淀粉；最后，用细箩过滤，再加上两滴玫瑰精油，只加两滴，不可多加……"这是这道菜汁水的制法，鹌鹑在汁水中浸泡十分钟让其入味，然后取出鹌鹑。吃的时候，这道汁水再淋到鹌鹑上。关键就是这汁水，汁水的关键是玫瑰花瓣，然后，关键的关键是玫瑰精油。劳拉的菜谱说，只能放两滴，多了就不行了。

我特别喜欢读菜谱，感觉上非常诱人。可能是那种原料名称的文字罗列充分刺激了人的想象力，这种在嗅觉和味觉上的迂回魅力，比直观的食物呈现更为幽微曼妙。

那道只放了两滴玫瑰精油的"玫瑰花瓣鹌鹑"吃了后会是一个什么样的效果呢？结果是，蒂塔那贞洁安详的二姐赫特鲁迪丝吃了这道菜之后就发情了。她觉得浑身火烧火燎，去冲凉想压住欲火，结果欲火把冲凉房给点着了，赫特鲁迪丝光着身子冲了出去，在原野上狂奔，腾起了一团玫瑰云，玫瑰云飘到与她心有灵犀的士兵的面前，然后把他带到她的面前，两人会合在一起，在马背上惊心动魄地做了一次爱。

辣椒、核桃和石榴带来的效果更是惊人。那是最后一道菜，叫作"核桃酱辣椒"，"把洋葱用少许油在锅里炒。洋葱变成蜜饯色后加入肉末、欧莳萝籽和少量白糖。肉末炒至金黄色时加入桃子、苹果、核桃仁、葡萄干、巴旦杏仁和切碎的西红柿，直到炒熟为止。炒熟时加入味精。锅干后从火上端下来。接下来，把辣椒放在火上烤，剥掉皮。然后从一边切开，掏出籽粒和筋丝，把炒好的馅料填入。"最后，在这道菜上撒上石榴。于是，它骄傲地闪耀着墨西哥国旗的颜色：辣椒的绿色、核桃酱的白色和石榴的红色。吃了这道菜的人爱意勃发，立马成双成对就地做爱。苦恋了22年的佩德罗和蒂塔，此时已经完全没有束缚，蒂塔的母亲早就去世了，其灵魂也不再纠缠她，蒂塔的大姐、佩德罗的妻子罗莎乌拉去世了，女儿也长大成人嫁为人妇了。佩德罗和蒂塔尽情地做爱，在爱情的最高点快乐地死去，他们灼热的肉体迸发出明亮的火花，点燃了床单，点燃了房子，把石头蹦上天，石头变成了五彩缤纷的烟火，整整喷了一个星期。

这是这个故事的结尾。房子烧了一个星期，成了废墟。废墟里是几米深的灰烬，但蒂塔的菜谱保留下来了，然后，劳拉·埃斯基韦尔冷静地写了最后一个句子，这个句子也照搬到电影里："只要有人按照蒂塔的菜谱做饭，她就仍然活着。"

一朵深渊色

栗
子

栗子，栗树的果实，壳斗科栗属。大部分种类的栗树都是20—40米
高的乔木。各种栗树都结可以食用的坚果。

仙
人
掌

仙人掌，仙人掌科仙人掌属，沙漠植物，原产于北美和南美。喜
光、耐旱。

◇ 同一时间的温柔和绝望

洋
葱

洋葱,百合科葱属,多年生草本植物。原产于亚洲西部。在古埃及石刻中有收获洋葱的图景,之后传到地中海地区。18世纪时,《岭南杂记》记载洋葱传入澳门。

核
桃

核桃,胡桃科胡桃属,落叶乔木。核桃既可以生食、炒食,也可以榨油。核桃不仅味美,而且营养价值很高,还有一定的药用价值。

277

塔莎的花园

在看到《塔莎的花园》一书前，我听说过塔莎·杜朵。是在哪里的某个人的文章里瞄过一眼，那篇文章说她在日本的影响力，说她是所有日本女人的偶像。

读《塔莎的花园》一书，实在是啧啧称奇。太安静太完美了。

当然，她不仅是日本女人的偶像，应该说是全世界女人的偶像吧。

塔莎·杜朵，也就是著名的塔莎奶奶，生活艺术家，插画家，1915年生于波士顿，23岁结婚，育有4个孩子，56岁移居佛蒙特州，用她自己的版税买下了一座小山和一栋房子，在孩子们的帮助下建造起18世纪风格的农庄，开始了她的梦幻花园生涯。

她拥有围绕着她农庄的250英亩山地，因此她的花园、草滩、果林和菜地可以尽情延展发掘，在这片土地上，她一年四季被奇花异草、瓜果菜蔬环绕着，她从事园艺、烹调、染布、编织，她养鸡养狗养猫养鸟，还手工制作陶艺和布偶，另外，作为一个插画作家，她著作等身，出版了二十多本绘本。2008年她在93岁高龄时离世。

《塔莎的花园》一书是塔莎的两个多年挚友园艺师托娃·马丁和摄影师理查德·W.布朗合作的一本书，在这本书里，除了布朗在塔莎的花园所拍摄的那些美得令人屏息的照片之外，托娃从一个园艺师专业的角度，用一个作家散淡的笔法，为我们一一呈现了塔莎的花园从4月至10月长达半年的繁茂期的种种状态，她的花卉品种、花卉培植的层次以及培育的方法，等等。另外，托娃还简略地告诉我们，在寒冷的佛蒙特州那漫长的冬季里，塔莎在炉火边做什么。

在公众印象中，塔莎的确是完美的——家庭、孩子、绘画、园艺、手工、烹饪、健康、高寿……这些最为符合女性天性的元素在塔莎的身上全部具备。她是女人们对这个世界的完美想象的对应人物。我们也可以这样幸福——女人们都这么想，当然，这种幸福背后所需要的极大的勇气和无尽的劳作热情，是这个世界上太多的女性所不具备的。所以，这个世界上，没几个塔莎奶奶，因此，在众人的仰慕中，塔莎上升至生活女神的地位不足为怪。

"英国作家萧伯纳曾说过：'只有年少时拥有年轻是件可惜的事。'对我而言，随着年岁增长，日子过得更充实，且懂得享受生活乐趣。现在就是最好的时光。"这段是被广为传播的塔莎名言。另一段塔莎名言更简朴更实在，"我非常热爱田园生活，无论是种花，还是植树，都能让我心头畅快。有人问我最喜欢哪种花，我要说，我喜欢所有的花。也有人问我，你不觉得园艺活儿劳累吗？其实我真的对那些花草树木没有做什么，我只是喜欢它们，一心想对它们好，一心想让它们高兴，你瞧，这有什么可劳累的呢？"

心累，做什么都累。心不累，所有的劳作都是享受。就是这个境界这个道理。像我们这些所有迷恋塔莎花园的女人们，就在艳羡中慢慢修炼吧。这个过程很慢很长，在内心的花园筑好之前，多说什么也没用，就是把一座塔莎的花园放在面前也没用。

女人的庭院

说到女人的庭院，我总是首先想到我喜欢的美国女作家梅·萨藤。她的很多本作品中总是不停地提及她庭院里的事儿：冬天，第一场风雪来临前，她要赶着在那些容易受冻的植物上盖上麦秆儿；春天，冰雪消融之后，她要赶紧查看她那些宝贝的球茎是否安好；她出门在外讲学旅行，看着骄阳似火，心里发愁，惦记着她的植物是否受旱；暴雨倾盆中，她开车往家疾驶，为的是抢救她的郁金香；很多时候，她穿着围裙戴着手套在庭院里忙着剪枝、打顶、换盆、施肥、除草，快到中午时，她和临时雇请的帮忙修整围栏的园丁一起坐着歇会儿，喝一杯咖啡，聊一会儿天……我所阅读的梅·萨藤已经是一个独居且隐居的60多岁的老太太了，写作和园艺，创造和享受，劳动和冥想，入世又出世，既热情开朗又安静内省，既世俗化又精神化，我觉得，她是一个非常美丽、非常迷人的女人。

一朵深渊色

我记得很多年前第一次读梅·萨藤的那个夏天。那个夏天的很多个早上，趁着还算凉快，我坐在我家花园里，摊开她的书和我的笔记本，头顶是紫藤的浓荫，身后是两棵开花的石榴，四周还有盛开的三角梅、栀子花、月季。那个夏天，一向睡懒觉的我却早早地起床，到植物中间和她相会，手边还有一杯浓茶。说来也妙，自从有了这个体验之后，我一下子就戒掉了睡懒觉的毛病。

那个夏天里，我读到她说，"我的问题是使暴风雪中的情人们与我望见的一大片白色孤挺花之间有一个可行的过渡。"

她还说，"金盏花开了，非常少的小鱼尾菊，一些矢车菊——只有烟草花和罂粟，以其汹涌的粉色在这恶劣的夏天泛滥开来，但最后会有可摘的东西，也会有值得为之摘花的人。"

太美妙了！迄今为止，我每隔一段时间就要重读梅·萨藤。

我有两个花园，我把它们叫作园子。园子这个词比较随意和潦草，正好对应我那些不太精致但相当茂密的植物们，也比较配合聚会时的啤酒、豆腐干和放肆的笑声。我的朋友们都喜欢到我的园子里来聚会，四时花开是一个因素，绿叶茂盛也是一个因素，最主要的是大家在一起的那份开心和轻松。

　　在我的概念里，我把家居花园分成两种，一种就是我这种园子。花茂密，草茂密，那些叶们更是茂密。每每浇水的时候，扯过长长的水管，端起来，像端把机关枪一样地扫射一通，运气好的时候，会有点兴奋，能生发出几分巾帼英雄的气概。临了，可以在墙边掐两棵葱，中午煮面的时候用。除了葱，我在园子里还掐过辣椒、西红柿、丝瓜、扁豆、南瓜、葡萄、桃子等实用类的果实。我掐过黄葛兰和栀子花，放到卧室里添香；掐过玫瑰、蔷薇、芙蓉、茶花、牡丹、芍药、桃花等，做成瓶插，为房间增色；我还掐过草，那些和花们一起享受肥料和清水的杂草，长得相当壮硕肥实，搭配好的话，是不错的瓶插。当然，更多的时候，我蹲在园子里拔草，光着脚，脚上全是泥，戴着一顶草帽，汗如雨下，满脸通红，像个农妇。杂草是永远都拔不尽的。如果把杂草拔光了的话，那就不是园子，而是庭院了。

　　我以为的家居花园的另一个概念就是庭院。我有朋友就有这种庭院，青石地面一尘不染，假山盆景疏密有致，或草本或木本的观赏花和各种藤蔓高低起伏，很有层次。关键是，没有杂草，有草都是专门种的，比如三叶草，用于覆盖花坛土层的表面，起保水保湿的作用。三叶草叶形精致好看，还开紫色或粉红色的小花，本身就是一道赏花的景观。特别佩服的是，我朋友的庭院是他自己打理的。在我看来，要把一个花园弄成一个庭院，非专门请一个花工不可。

我家的庭院原来是个跃层的屋顶花园，后来又有了个底楼花园。其实，在我看来，真正的庭院应该是在地上，接得地气的庭院方为真正的庭院。我以前写过我向往的最美好的晨事就是，"下了木梯，转了回廊，到后院去提了一桶井水，将天井的砖地给泼得个清白若骨；那棵拂地的相思树和一头随手绾就的发髻纹丝不动，因为没有风。"

说来好朴素，木梯、井水、砖地和相思树，还不奢望有风。这种朴素在当下需要有怎样的经济实力做后盾，那就不用多说了。其实，就那木梯、回廊什么的，也没有个上限的。我在越南河内去参观过胡志明生前居住的"简朴"的小木屋。那小木屋有两层，全部都是木制的，但这个木，是红木。说实话，有一座红木小屋，谁会愿意住到钢筋混凝土里面去？

有园子就很好啦。很多时候，我浇水拔草之后，冲洗完双手双脚，走到园子入口处，半边身子还在阳光里，半边身子浸在室内的阴凉中，突然，起了风，风铃歌唱起来。这个时候，我总是会站一会儿，看风铃飘摇的穗子。户外劳作的辛苦愉快以及某种凌乱的感觉留在体内，等一会儿我就会走到楼下，在清洁有序的房间里穿梭几趟，烧水，泡茶，然后端着茶杯走进我总是悬挂着窗帘的书房里，开机，写作。

人们都说，居家写作的女人弄弄园艺是最好的调剂。我深以为是，也受惠已久。其实，我认为所有的女人弄弄园艺都是最好的调剂。有一个园子，或者一个庭院，植物的静谧和丰饶，对应着女人的静谧和丰饶，这中间有一种同质的气息交流和能量互换。在这种交流和互换中，有一种很深的东西在滋长。所谓庭院深深深几许？这个深，可以不用理解为是一种景观感觉，它更多的是内心的东西。这个深，是才智的深。美国女学者黛安娜·阿克曼在她所著的《感觉的自然史》中，有一段很智慧的话，她说，"大多数人认为才智位于大脑中，但生理学领域的最新发现表明，才智并不真正居住在大脑中，而是搭乘由激素和酶构成的车队在全身各处旅行，忙碌地揣摩着我们归类为触觉、味觉、嗅觉、听觉和视觉的复合景观。"我很赞同这个观点，而切身体验到这个观点的正确，我是通过植物获得的。这个深，还是情感的深，当女人对植物用情很深的时候，植物也会以一种微妙的方式，通过各种感官把深情反馈回女人。这一过程中，花娇叶媚，而女人的内心也静若止水，也摇曳多姿，也有些风，有些凉，有些湿润，有些幸福。

一朵深渊色

郁
金
香

郁金香，百合科郁金香属，多年生草本植物。郁金香花色有白、粉红、洋红、紫、褐、黄、橙等，深浅不一，花形典雅，品格别致，十分美丽。

孤
挺
花

孤挺花，也叫朱顶红，石蒜科朱顶红属，多年生草本植物。其花茎中空，花2—4朵，蜀地俗称此花为"炮打四门"。孤挺花花朵硕大，花色艳丽。据说孤挺花的花色，除纯蓝、纯黑、纯绿外，已经可以覆盖色谱中大多数颜色。

同一时间的温柔和绝望

金盏花

金盏花，又名金盏菊，菊科金盏花属，两年生草本植物。金盏菊植株矮生，花朵密集，花色鲜艳夺目，花期长，是园林和城市中常见的草本花卉。金盏花原产于欧洲，在欧洲栽培历史较长，广泛用于家庭小花园和盆栽观赏。18世纪后从国外传入中国，现已成为我国重要的草本花卉之一。

三叶草

三叶草，又名车轴草，豆科车轴草属，多年生草本植物。三叶草是优质牧草，也是城市绿化建植草坪的优良植物。

相思树

相思树，豆科金合欢属，常绿乔木。相思树枝形优美，成荫效果良好，是优良且低维护的遮阴树、行道树、园景树，单植、列植、群植均美观。

被植物之神眷顾的人

　　梅·萨藤的钟点工米尔德丽德，在和萨藤喝咖啡的时候告诉她，今天她在后院窗外的苦樱桃丛里看到一个圆极了的蜘蛛网，缀在上面的露珠熠熠发光。那是1970年9月28日。她们各自工作了几个小时后，在喝上午10点的咖啡。在那天早上，萨藤起床后看到了晨雾，也看到了蜘蛛网缀着露珠，还看到了被夜雨侵袭后显得颓丧的翠菊和大波斯菊……

　　不知道为什么，我被这个场景给深深地吸引了。这个场景，出自美国女作家梅·萨藤的日记体散文作品《独居日记》。我放下书，想象着那个圆极了的蜘蛛网是个什么样子，还想象湿漉漉的翠菊和大波斯菊的模样。如果是一幅画的话，这两种景象放在一个构图里，蜘蛛网和花，哪一种置于前景，哪一种应该作为背景呢？

这是一种内心的东西。这样的阅读和这样的冥想，都是一种内心的东西。它们很安静，很抚慰，很柔和，同时也有一种绝望。这种绝望的重量非常合适，它压不垮内心，却恰恰适合让人缓慢地下坠到一个静谧的状态中，像鱼往海的深处潜下去。

时不时地，我会重读梅·萨藤。我有她的四本日记，《独居日记》《海边小屋》《过去的痛》和《梦里晴空》。这个女人是我的补药，而且多少有点独家补药的意思。喜欢她熟悉她的人太少了，我很难找到别人与之分享对萨藤的爱慕。她的隐居、写作、耐心、园艺，还有在沮丧和热情之间的不停转换的状态，无一不对我的口味。

我读到她说，"现在我们仍然能做的事情，像烹调、织毛线、种花弄草，总之任何不能仓促而成的事情已所剩无几。"

前些天，我刚刚织完一条暗红色的围巾，线挺细，我用两股绞在一起织，每股由更细的三根深红色的线和一根黑色的线组成。在收尾的时候需要在围巾两端做穗子，我把本身就很细的线一一拆开。这个过程很烦琐，但效果很好，这样弄出来的穗子柔软蓬松，与围巾主体的细密工整的质地恰成对比。如果不是冬天的话，我很可能没有编织的心境，我会去我的园子。园子里永远都有拾掇不完的活计。但湿冷的天气和植物的冬眠状态让我隔窗相望，手上织着围巾，想象即将来临的春天——到了春天，我最爱的那两棵妖极了的樱花就会满树生辉了。

独居的萨藤也有一个园子。无论她搬到哪里，总是首先要有一个园子能让她侍弄，那些花和树，能让她一次次从沮丧的打击下逃出来，恢复元气。园艺，对于萨藤来说，是她生活中一个必需的元素，犹如呼吸一般重要。她日记的大部分篇章都是以描写她园子里的花以及采摘下来的瓶插开头的，通过对花的注视，她振作起来，积蓄起能量，开始她的写作。她说，没有花，她不能生存，花使她与过程、成长、消亡紧密联系着，而她在花的运动中浮流着。萨藤注视花的视角有点类似于微距摄影的感觉，就像一个镜头凑到一朵花面前。对花的爱，她是很微观、很细节的，她总是从花的整体看到花的局部，看花瓣，看花蕊，看光线在那上面的流动和跳跃。在她的日记里，常常有这样的描述：

"在漫不经心的浇花时，一束射在朝鲜菊上的光线使我伫停在书房门口。这束光聚光一般地投在花上，深红的花瓣绽开来，花芯是黄颜色，流光溢彩……瞧着这朝鲜菊就像把秋天的阳光直接输入到静脉里一样。"

同一时间的温柔和绝望

"我把一扎水仙花和郁金香搁在写字桌上，此刻醒来光线正照在一枝水仙上，一束光柱投在黄色的花萼和外缘的花瓣上。"

"我桌上的鲜花，像被聚光灯照射一样，被慢慢旋转的太阳一朵一朵地照得明丽鲜艳。目睹阳光流泻在花瓣上，那种美令我再一次有些心醉神迷……每一条叶脉都是那样浮雕般的清晰可见，花茎组织结构突然间清晰显露出来。此刻，我注意到平凹底水仙花中的那枝有鲜艳橙黄凹底的水仙花，雄蕊底部呈现出半透明鲜亮的绿颜色。"

萨藤的视角以及呈现出来的文字效果，让我联想到美国另一位隐居的著名女人、画家乔琪·欧姬芙的花卉作品。也是这样的明丽柔和，但又不止于明丽柔和，它们升腾而上，抵达所有。萨藤有一个句子很妙，"一个人同一时间既有这么多的温柔，又有那么多的绝望。"这可能是注视花的那一刻所发生的。

欧姬芙的花卉在她笔下很多时候是被放大了的，呈现的是一朵花甚至是一朵花的局部，以花蕊作为构图的焦点。这样的视角更像是一只蝴蝶或者说一只蜜蜂的视角，于是看出去的花，硕大无比，在感受花瓣质地非常细腻的同时有一种不可思议的广袤的感觉。如果观众不想将自己带入昆虫的角色的话，那么，欧姬芙

的花卉就只能用梦境中人的视角的变形来解释了。我第一次接触
欧姬芙的花卉时，感觉它们作为《格列佛游记》中的巨人国的配
图很合适，观者仿佛变形为一个小小的人儿，以花为荫，得到一
种柔美的安抚。这种安抚是私密的，不能也不宜讲述的。

对于欧姬芙的作品，萨藤是喜欢的。她评价她的画说，她的
作品，尤其是花卉作品，有一种放大了的孤立，寥寥数笔，几片
色彩就能表现出一种震撼人心的神奇力量。

这两个女人，都是高龄辞世的。萨藤去世时是83岁（1912—
1995），欧姬芙则差不多活了100岁（1887—1986）。她们的
一生，有着完全不同的质地，但在我的阅读观感里有一个共
同点——中年之后的隐居且独居，这得有无比强大的内心才能
支撑，而这其中，植物是一种给予，给予她们太多——美、安
慰、信心、灵感，还有力量，她们都是被植物之神眷顾的幸运
的人。

❄ 同一时间的温柔和绝望

翠菊，菊科翠菊属，一年生或两年生草本植物。品种繁多，花色丰富，有浅白、浅红、蓝紫等色，是世界上重要的盆栽、园林布置以及切花品种。

大波斯菊，菊科秋英属，一年生或多年生草本植物。可入药，具有清热解毒、明目化湿的功效。

水仙，石蒜科水仙属，多年生草本植物。水仙在中国已有1000多年栽培历史，为中国传统名花之一。花色洁白温润，花香宜人，是著名的观赏花卉。

南京的梧桐

南京对于我来说是一个特殊的城市，她是我在成都之外连续居住时间最长的一个城市，而这所谓最长，也不过一年，而且是在童年时代。可能也正是因为这一点，在我对其他城市的轮廓记忆之外，只有南京，我对之没有轮廓上的概念，有的只是鲜明的细节记忆。

8岁那一年，我住在南京宁海路，南京师大的对面。每天上下学都在宁海路上溜达，回家之前，一般都会到南师大里面去玩玩。夏天的宁海路，梧桐遮阳蔽日，漏过叶片晒在地上的光斑闪烁晶莹，我那时是一个贪玩好吃、精力旺盛的小胖妞，踩着光斑跳房子，两根辫子不停地甩打到脸上。在我的记忆里，关于南京，关于宁海路，只有夏天，没有其他季节。我想这跟当时经常吃的光明牌小冰砖有关。味觉和嗅觉相比视觉和听觉来说，要缓慢迟滞一些，但记忆其实更加牢固。

同一时间的温柔和绝望

1976年那一年我住在南京，上小学三年级；1985年，高考结束后去了南京，玩了一个月；这之后，我再没有去过南京。这真的很奇怪，我不知道为什么。这将近30年的时间里，我去过无数次京沪穗深，也去过全国很多城市，但就是没有再去过南京。

2012年12月，我终于有机会去南京参加活动，顺便去了一次宁海路。在依旧窄小的街面上，很欣慰地看到很多梧桐都还在的。它们的叶子都黄了。我有点愣。我记忆中没有黄叶子的南京梧桐。

宁海路街两边的景观都变了，我家原来所在的培德里十号的那一片院子也早就成了一片公寓楼。那天我和朋友们去了南师大里面的"书衣坊"，书籍装帧设计家朱赢椿先生的工作室，在一场温暖舒适的茶局之后，走出来仰头看到那些深戳在艳阳蓝天之中的巨大的梧桐树。当年的梧桐和现在的梧桐，这中间有近30年的时光，它们径直往天空的高处走去，我径直往岁月的深处走去。浓荫不在，地上的光斑也不在。

南京虽然地处江南，但跟其他的江南城市有着完全不一样的景观面貌。相比于周围的扬州、镇江，更不要说苏州、杭州，金陵气息几乎完全排除了精致幽微的感觉，它是江南的北国，大气且苍凉，一看就是帝都之相。这次我在南京仰头看梧桐，更有这种感觉。在其他城市，比如我所居住的成都，梧桐是经常要打顶修枝、尽量让其低伏旁生的行道树，以保证其遮阳的功用，因此也携带了一种婉约的诗意，但南京的梧桐太高大了，高大得不像梧桐，一副不管不顾的帝王姿态。

这次还去了明孝陵。走过神道，享殿一进入视野，我就有点呆住了。红墙、灰砖、黄瓦，一棵巨大的形态虬结的梧桐在阳光下蹲伏在享殿的右侧，遍体泛金。这幅孤寂且华美的画面实在是让人很无语。

陪我逛的朋友小雷说，这么喜欢看梧桐啊，那还得到去中山陵的陵园路上去看。在长达3公里的陵园路上，那些当年为了迎接国父灵柩植于道路两旁的梧桐，已经参天林立了。我和小雷去看了。艳阳天，无风，阳光浓稠甜美，漫步在陵园路上，金色的光线穿梭四周，梧桐的枝条在天上、在路上的最远端若即若离地交握着。光影随着两旁的梧桐一步一换，或暗或明或炽或柔，仿佛梦境。我终于想起来了，就是这个季节，就是这条路，我小时候走过的。冬天的南京终于在记忆中被唤醒了。那一年南京的雪也想起来了。同时被唤醒的还有当时南京冬天留在手指上的冻疮的记忆，好红好痒啊。

梧
桐

梧桐，梧桐科梧桐属，落叶乔木。梧桐原产于中国，可高达15米，
树干挺直，树皮绿色、平滑，多为普通的行道树及庭园绿化观赏树。

匆匆的银杏

2012年的冬天，在微博上看到有帖子说，成都电子科大的银杏叶已经全部都黄了，下周是最佳观赏期。突然就一阵心悸；突然觉得自己潦草简陋了，著名的科大银杏居然一次都没有去看过；突然就有一种岁月匆匆指间空空的内疚。

其实，岁月匆匆指间空空，这是必然的。活到一定岁数了，如果连这个都不明白，那就太愚钝了。但是，有一些事得做，有一些景得看，有一些过场得做，有一些龙门阵得摆，这就叫过日子。而做事、看景、做过场、摆龙门阵的过程中，就会有好多窸窸窣窣的乐子，毛毛盐、渣渣糖一般，集在一起，这日子就过得有点滋味了。

赶紧的：一，翻记事本，看下周的事项安排，就星期一空着；二，查天气预报，运气不错，星期一是晴天；三，十几个电话打出去，跟一众姐妹约好集合时间和地点，安排好第一节（拍照）、第二节（喝茶）、第三节（晚饭）的转场和衔接。

周日晚听窗外风雨大作，心里不慌。我相信我的直觉，还相信天气预报。笃定的同时盘点一番，哪几位会担忧（全程参加，特别是要参加拍照的），哪几位会遗憾（只参加拍照，不参加喝茶和晚饭的），哪几个会幸灾乐祸地嘿嘿偷笑（因为有公干，不能参加拍照，只能赶来喝茶和晚饭的）。

周一早晨起来，天光通透，有被一夜的雨水洗得干净清亮的蓝，跟随着情绪饱满的阳光一点一点地在往高处紧捣着碎步走，于是大笑三声：艳阳天哦！太完美了！

银杏是现存种子植物中最古老的孑遗植物，树形高大，扇状树叶形态优美，到了初冬落叶前全部转黄，金箔般的端丽典雅。观叶是秋天给人们的专项福利，一般要求成规模，红叶和黄叶都如此。成都没有红叶观赏区，但因为遍植银杏，所以金秋银杏就是一个重要的美景内容。有媒体曾经推出过"成都十大银杏观赏点"，包涵了成都东南西北四个方向，大多是校园和公园，比如川大望江校区、川大华西校区、西南交大九里校区、杜甫草堂、新华公园、人民公园等。市中心的白果林茶园也位列"十大"之

一朵深渊色

一，我和我的朋友们对这个地方很熟悉，很多个深秋至初冬，我们都在这个茶园金黄的银杏树下喝茶聊天。据说，银杏黄叶观赏点的"十大"之首应该就是成都电子科大校园，其胜出就在于规模，几条银杏行道的小街和银杏林连接交错，共织胜景。

对于我来说，有一棵单独的银杏树嵌进了生命之中，像盖了一个印章。对于这棵银杏，我在早年的《25岁，以文为生的开端》一文中这样写到过："……25岁那年，秋天的一天，我站在成都晚报社院子里的那棵巨大的银杏树下，抬头看那满树金黄的小扇子。这里的银杏是当时我看到的最人的一棵，长成了所谓华盖的模样。那天，天气很好，有着成都少有的晴朗，我在成都晚报社参加了最后的面试。参加面试的有5个人。面试结束，我没有马上离开报社的院子，而是在银杏树下站了一会儿，抬头看金黄叶缝里漏出来的灰蓝的天，还拣了几片银杏叶子准备拿回家做书签……我被选中了。调进了报社，当上了文化记者，从此以文为生。"

我在成都电子科大校园的成片的银杏前，装出一副摄影师的样子（因为我用的是单反相机，架势很像），一边大声吆喝撩拨着姐妹们，让她们尽其可能地搔首弄姿，一边啪啪啪地摁着快门（虽然完全不敢保证照出来的效果）。在满溢着的快乐心境中，突然间有一小块特别清晰地冒了出来，其形状滋味让我无法辨别——25岁那一年那一天那一棵报社院子里的银杏树立在了面前。太清晰了，我看到了那棵银杏树，看到了25岁的自己，还看到了自己当时穿的那件海蓝色的小西装外套（这件衣服我早就忘光了）。那一刻，灵魂出窍并穿越了。这中间，是20年的时光，而我知道，那棵银杏，早就不在了。

一朵深渊色

银
杏

银杏，银杏科银杏属，落叶乔木。银杏是现存最古老的树种之一，
被誉为植物王国里的"活化石"。银杏生长较慢，寿命极长，因此
又被称为"公孙树"，有"公种而孙得食"的含义。银杏树极具欣
赏价值和药用价值，广为世人所珍爱。

后记
我们主要负责审美

　　女友阿潘最近在装修房子。新房子是跃层，有一个挺大的花园。新房子收尾时，阿潘找人在花园里遍植玫瑰。照片上了微博，我看了就笑。玫瑰?! 可不就是玫瑰嘛，说夸张点，那几乎是她唯一确认的品种。

　　阿潘是花痴，有痴迷的痴的意思，但更多的是白痴的痴。她时不时在微博上贴一点她拍的花。这回赞道：茶花好美啊! 下面有朋友留言：潘姐，拜托，这是扶桑。下回又赞道：扶桑好美啊! 又有留言：潘姐，我服了你了，这是海棠。阿潘跟我住一个小区，有一次我和她一起走在小区里，路边一棵巨大的花树开得正妖，我说，呀，你们一期这棵樱花越长越好看了。阿潘双手一握，两眼放光，惊叹道，啊! 这就是著名的樱花啊?! 我——怎么说呢，还是网上流行的那种说法贴切——双腿一软，差点给她跪了。

一朵深渊色

写这篇文章之前，我给阿潘电话，能把你当作有关植物的反面教材写到文章里去吗？阿潘说，写，写，随便写，我这种级别的反面教材也不好找。

跟阿潘形成对比的是我周围有几个植物控，且爱且懂，又红又专，比如熊英。熊英是字面意义上为正解的花痴，从小就对花特别痴迷。我跟她出去旅行过几次，她住酒店也要买花在房间里插上。小时候，熊英的小学同学写过这样的作文："春游路上，熊英看到了花，飞奔过去，就像狗看到了屎……"老师在课堂上念出来，全班哄堂大笑。我把这个段子贴到微博上，熊英的妹妹、也是我朋友的熊燕留言说，补充一个花痴的故事，说是姐妹俩有一年和别人一块走无人区，几天下来，疲累不堪，脚也受伤了，这时，遇崖边一丛野百合，过了一会儿，但见熊英抱着野百合一瘸一拐地从山崖后面绕下来。女友小孟点评道：前面作文那个是芒果版花痴，后来悬崖百合这个是央视版花痴。

熊英现在蒲江明月村经营"明月樱园"，规模很大。之前，她在三圣乡荷塘月色的"樱园"也大约有三四亩地，鸡鸭猫狗穿梭在桃李柑橘中间。樱园大概有三百多种植物，花是重头戏，初春樱花，仲春蔷薇，清秋金菊，隆冬蜡梅。我们成都一拨女友经常去樱园，一般都找个说法助兴，比如蜡梅雅集、蔷薇雅集什么的。遇到这个时候，我手持单反，架势摆得挺像一个职业摄影师，在花前吆三喝四对着众女友一通狂拍，整很多糖水片片出来，很有成就感。

要说有了樱园这么大一个园子，自己家那个几平方米的阳台就算了吧，但熊英不，各种花器花架把一个小阳台弄得个高低错落、姹紫嫣红。跟樱园那种规模景观不一样的是，这种讲究的小阳台特别适合拍花卉小景，每一帧拍出来都特别精致好看。有一年冬天的某一天，我和阿潘、颜歌跑到熊英家玩，茶好，点心好，聊得也好。在一株巨大的瓶插蜡梅下面，我们在蒲团上东倒西歪，被蜡梅香熏得迷迷糊糊。我问熊英，这棵蜡梅弄上来多麻烦，扔的时候也麻烦，你就离不得花吗？熊英说，完全离不得，什么时候家里都必须有花。

我也算花痴，对于植物的知识储备和爱慕程度，我介于阿潘和熊英之间。我先生右老师的植物知识挺丰富的，另外，周围还有几个植物达人，作家西门媚、资深媒体人马小兵、画家何千里。我遇到什么不懂的，经常请教他们。很奇怪的，只要是马小兵给我上了课，我就记得很清楚，比如我散步的时候遇到的一丛古怪的红花，问了几个人都还是迷糊，马小兵告诉我，那是南美朱槿，从此我就记住了。据说马小兵要在樱园挂一个"马老师植物教室"的牌子，可能时不时会在那里上上课。我很盼望去当学生，但迄今为止，牌子一直没挂出来。

说实话，写一本关于植物的书，我的底气是远远不够的，但架不住情感充沛。我把这本书写成了一本给植物的情书，胡乱爱，但爱很真。我想起朋友李红给我讲的一个段子。李红是诗人、作家钟鸣的夫人，他们一群人去埃及自助游，一路上所有杂事都是女人们在忙乎，有男人觉得过意不去，想帮个忙，钟鸣说，嗨，让她们忙嘛，我们主要负责审美。

对于植物，对于花，我也是这个态度：我们主要负责审美。